책의 길을
———
잇
다

HON NO MORI O TOMO NI SODATETAI

: NIKKAN SHUPPANJIN NO OHUKU TSUSHIN

by Kang Marxill and Nobukazu Otsuka

© 2021 by Kang Marxill and Nobukazu Otsuka

Originally published in 2021 by Iwanami Shoten, Publishers, Tokyo.

This Korean edition published 2021

by Sakyejul Publishing Ltd., Paju City

by arrangement with Iwanami Shoten, Publishers, Tokyo.

한일 출판인 왕복 서간집
2009~2020

책의 길을 ─ 잇다

오쓰카 노부카즈 · 강맑실 지음 ｜ 노수경 옮김

사□계절

일러두기

1. 인명, 지명 등 고유명사의 외래어 표기는 국립국어원 외래어표기법을 따랐다. 단, 중국과 홍콩, 타이완 지역의 출판사 이름은 한국 독자들에게 익숙한 한국식 한자 독음으로 표기했다.

   예) 연경출판사聯經出版社, 연합출판그룹聯合出版集團

2. 일부 편지에 딸려 있는 해설에는 O·N(오쓰카 노부카즈), K·M(강맑실)으로 작성자를 구분해 표기했다.

3. 각주 내용 가운데 별도의 표기가 없는 것은 대부분 오쓰카 노부카즈가 쓴 것이다. 강맑실이 설명을 더해 구분이 필요한 경우 [O·N], [K·M]으로 표기했다. 서지 정보 등 일부 내용은 일본어판, 한국어판 편집자가 작성했다.

4. 편지 작성 시기가 불분명한 경우, 대략적인 날짜를 적고 그 옆에 물음표로 표시했다.

편지는 어떻게 시작되었나

내가 강맑실(이하 K·M) 대표와 처음으로 이야기를 나눈 것은 2005년 9월 5일이었다. 우리는 제1회 동아시아 출판인회의 첫날, 도쿄 긴자의 나미키도리 근처에 있는 DNP(다이닛폰인쇄주식회사) 소유의 작은 빌딩 2층 회의실에서 만났다.

먼저 말을 걸어온 쪽은 K·M이었다.

"오쓰카(이하 O·N) 선생님, 일전에 한 번 뵌 적이 있는 것 같은데요. 제가 사계절출판사 직원들과 이와나미쇼텐岩波書店을 방문한 적이 있거든요."

죄송하게도 나는 전혀 기억이 나지 않았다. 이와나미

쇼렌에는 외국 출판 관계자들이 단체로 견학을 오는 일이 종종 있는데, 어느 나라 분들이었는지 정도는 기억해도 각각 어떤 분들이었는지까지는 다 기억하지 못한다.

나는 먼저 K·M에게 사과를 하고 "그런데 언제 오셨지요?"라고 물어보았다. K·M은 "1994년 여름이었습니다"[*]라고 알려주었다. 내가 편집 담당 이사로 일하던 때였다. 바쁜 사장님을 대신해 해외에서 온 손님들을 맞이하러 많이 나갔기 때문에 K·M과 만났을 가능성은 있다.

다시 한번 명함을 교환하면서 나는 K·M이 한국에서 유명한 사계절출판사의 대표임을 알게 되었다. 내 명함에는 동아시아출판인회의 이사라고 쓰여 있었을 것이다. 나는 2003년 5월 말에 이와나미쇼렌을 그만두었으니까.

그때 K·M이 어느 나라 말로 말을 걸어왔는지는 분명하게 기억나지 않는다. 아마도 영어였으리라 생각하지만 일본어였을지도 모르겠다.[**] 나는 한국어를 못 하니 한국

---

[*]   K·M은 이때 "사전에 허락을 받고 방문했기 때문에 담당자가 기대한 도서 자료실과 경영부(영업부), 홍보부 등을 보여주었습니다(161쪽 쉰여덟 번째 편지 생략 부분)"라고 했다. 또 뒤에 우리 둘이 무엇이든 자유롭게 말할 수 있을 만큼 친해졌을 때 방문 당시 인상적이었던 일로 "편집부 직원들이 침묵시위를 하고 있었는데 '현 사장 반대'라고 쓴 종이를 우리에게 보여주는 사람도 있었습니다"라고 말했다.

어가 아니었던 것은 분명하다. 지금은 K·M이 일본어를 유창하게 하지만 15년 전에는 어땠을는지.

첫 번째 회의에서는 대부분 서로 처음 보는 사이였다. 빨리 사람들의 얼굴을 익혀야 했다. 그래서 K·M과도 그 이상으로 친분이 깊어지지는 않았다. 나중에 K·M과의 교류가 이렇게 깊어질 줄은 당시에는 꿈에도 몰랐다.

그럼 여기서 동아시아출판인회의가 어떻게 만들어졌는지를 간단히 써보겠다. 2004년 봄, 류사와 다케시龍澤武(전 헤이본샤平凡社 대표 편집국장, 당시 도요타재단 이사)가 나에게 오랜 지인 가토 게이지加藤敬事(전 미스즈쇼보みすず書房 사장)와 함께 동아시아 최초의 민간 국제 출판 교류 조직을 만들어보지 않겠느냐고 제안을 했다. 당시 나는 집안 사정으로 해외에 자주 나가는 것이 힘들어졌는데, 그래도 괜찮다면 하겠다는 조건으로 참가하기로 했다. 이렇게 해서 류사와, 가토, O·N 이렇게 세 사람이 발기인이 되어 2005년에 동아시아출판인회의East Asia Publishers Conference(EAPC)가 탄생했다.

당시 2년 정도는 도요타재단의 지원을 받기로 했기 때

**   K·M에 따르면 이때는 영어로 내게 말을 걸었다고 한다.

문에 재정 면에서는 안정적이었다. 하지만 동아시아 각국 출판인들의 합의를 얻는 일이 쉽지 않았다. 한국, 중국, 타이완, 홍콩은 모두 일본 제국주의의 침략을 받았던 역사적 사실이 있기 때문이다.

류사와, 가토 두 사람은 각지에 수차례 직접 가서 설명하고 설득하는 일에 온 힘을 기울였다. 다행히도 중국 쪽으로는 당시 삼련서점三聯書店 총경리(사장)였던 둥슈위董秀玉 여사와 관계가 구축되어 있었다. 2000년 6월, 중국의 국가신문출판서國家新聞出版署의 초대를 받아 중일문화교류협회의 일본 출판 방중단(단장은 O·N, 단원 중 한 사람이 류사와)이 중국 출판계와 우호를 다진 일이 있었기 때문이다. 둥슈위 여사의 강력한 협조를 돌파구 삼아 다른 지역 출판인들의 합의를 얻을 수 있었다.

이렇게 동아시아출판인회의가 탄생했다. 이후 지금까지 매년 두 차례씩 각 지역에서 주최하는 회의를 열었다. 2019년에는 오키나와에서 제27회 회의가 개최되었다. 2020년에는 중국에서 열릴 예정이었으나 코로나 바이러스의 영향으로 개최되지 못했다.

회의는 매회 35명 안팎의 핵심 구성원이 모여 개최했다. 나중에는 각 지역의 젊은 세대 출판인도 동참하여 40명을 넘긴 적도 있다. 이틀 동안 발표와 토의를 하고, 사흘째는 관광과 짧은 여행을 즐긴다. 각지의 아름다운 풍경과 인정을 경험하고, 맛있는 식사를 함께하며 멤버 상호 간의 우정을 돈독히 했다. 회의 이외에도 가족이 함께 참여하는 교류도 늘어나 EAPC는 멤버들의 삶에서 소중한 일부가 되었다.

EAPC의 제2회 회의는 중국 저장성浙江省 항저우杭州 시후西湖 근처에서 열렸다. 이때부터 타이완의 린짜이줴林載爵 대표(연경출판사聯經出版社 발행인이자 편집장)와 홍콩의 천완슝陳萬雄 총재(연합출판그룹聯合出版集團 총재)도 동참하여 회의는 활기를 더해갔다. 이 회의 때 한국의 대표적 출판인 김언호 대표(한길사)가 "예전에 당신이 낸 『서호 안내 – 중국 정원론 서론』(오무로 미키오大室幹雄 지음, 1985, 『총서 여행과 토포스의 정신사』 가운데 한 권)을 읽었습니다"라는 말을 해주어서 아주 기뻤던 기억이 난다. 제2회 항저우회의를 하면서 EAPC 핵심 멤버가 거의 확정되었다.

그러면 이제 K·M의 이야기로 돌아가야 하는데, 그 전에 한 가지 밝혀두고 싶은 것이 있다. 나는 퇴직을 한 직후 그렇게도 염원하던 한국 여행을 세 번이나 이어서 다녀왔다. 2003년 6월에 서울과 그 주변을 여행했고, 같은 해 9~10월에는 부산에서 출발해 1주일에 걸쳐 지역 버스를 갈

아타며 서울까지 올라갔다. 다음 해인 2004년 1월 추운 계절에 다시 한번 서울과 그 근교에서 따스한 온돌과 맛있는 찌개요리를 체험했다. 몇 가지 간단한 한국어밖에는 못 하는 일본인인 나를 한국 사람들은 아주 친절하게 대해주었다. 특히 젊은 사람들은 길을 물어보면 반드시라고 해도 좋을 만큼 꼭 목적지 근처까지 안내해주었다. 혼자 세 번 한국을 여행하는 동안 한국인의 친절함을 실감했다.

사실 이 여행은 예전에 일본이 한국에 저지른 행위의 잔재를 내 눈으로 확인하기 위한 것이었다. 세 번의 여행을 통해 여러 장소에서 임진왜란 이후 근대에 이르기까지 일본이 남긴 다양한 모습의 잔재를 확인할 수 있었다. 근대 식민지주의는 세계 각지에서 발견할 수 있다. 하지만 인접한 두 작은 나라가 한쪽은 가해자로, 다른 한쪽은 피해자로 존재한다는 사실은 가해자 측 인간으로 태어난 사람에게는 씻어낼 수 없는 무게다. 나는 세 번의 여행을 통해 알게 된 한국의 아름다운 자연과 사람들의 친절함에 압도당했다. 그리고 자문하지 않을 수 없었다. 왜 이런 불행한 사태에 이르러야 했던 것일까라고.

제3회 EAPC는 2006년 10월 서울에서 열렸다. 한국의 멤버는 김언호, 고세현(창비), K·M, 김시연(일조각), 한철희

(돌베개), 한성봉(동아시아) 대표 등 쟁쟁한 출판인들이었다. 충실한 이틀간의 회의가 끝나고 그다음 날, 한국의 멤버들은 동아시아 각지에서 온 우리를 서울과 근교로 안내해주었다. 그 가운데는 북한을 볼 수 있는 곳도 포함되어 있었다. 남북 분단의 현실을 알려준 것이다. 마지막 날의 회식은 김언호 대표가 헤이리에서 운영하는 '북하우스' 지하의 이탈리안 레스토랑에서 했다.

나는 이 회의의 발기인 중 한 사람이었으므로 김언호 대표를 중심으로 가토, 류사와 선생과 함께 별도로 마련된 자리에 앉게 되었다. 풀코스 요리와 맛있는 와인을 곁들이자 대화가 절로 흥이 났다. 내 자리에서 둘러보니 K·M의 모습이 보였다. 디저트와 커피까지 전부 끝났기 때문에 김언호 대표에게 양해를 구하고 자리에서 일어나 K·M의 자리로 갔다. K·M은 자리에서 일어나 손을 뻗어 나를 반겨주었다. 그 손을 잡았을 때 생각지도 못한 일이 일어났다. 갑자기 내 두 눈에서 눈물이 흘러내린 것이다. 이유는 모르겠다. 굳이 말하자면 세 번에 걸친 나의 한국 여행 체험과 그날 남북 분단의 현실을 보고 온 일이 뒤섞이고, 거기에 와인으로 인한 취기도 한몫하여 감정이 고양되었기 때문인지도.

K·M은 아마 놀랐으리라. 나의 여행 체험 같은 것은 알 수가 없었을 테니까. 하지만 K·M은 내 손을 꼭 잡아주었다. 결국 대화는 나누지도 못한 채 나는 자리로 돌아왔다. 다음 날 아침 귀국을 하기 위해 버스에 올라타는 내게 K·M은 "힘내세요"라며 인삼차를 선물해주었다. 나는 이런 무언의 대화가 K·M과 나 사이에 일어난 상호 이해의 첫 걸음이었다고 생각하는데, 과연 K·M은 어떻게 생각할지…….

이후에 있었던 각각의 회의에 관해서는 이야기하지 않겠다. 다만 회의를 거듭할수록 멤버들 간의 교류가 깊어지고, 우정은 점점 돈독해졌다는 사실은 언급하지 않을 수 없다. 그 과정에서 언제부터인가 K·M은 우리 세 발기인을 '일본에 있는 세 오라버니'라고 부르기 시작했다. 그 후로 회의가 아니어도 우리는 종종 한국을 방문했는데*** 그때마

*** 특히 2012년 김언호 대표와 K·M을 중심으로 한국의 출판인들이 동아시아를 대상으로 하는 국제 출판문화상인 '파주북어워드Paju Book Award(PBA)'를 설립한 이후 우리의 한국 방문 횟수가 늘었다. 이는 세 사람 모두 PBA에서 해야 할 역할이 있었기 때문이다. 구체적으로는 이후의 통신에서 밝히겠다.

북한과의 접경 근처에 있는 파주시는 100곳이 넘는 출판사와 출판 관련 기업이 모여 있는 곳이기도 하여 '파주출판도시Paju Book City'라는 이름으로 잘 알려져 있다. 인접한 예술 문화촌 헤이리와 더불어 휴일이면 젊은이들이 데이트 장소로 많이 찾는다.

다 K·M은 세 오라버니를 다양한 장소로 안내하고, 맛있는 한국 요리를 소개해주었다. 그러는 사이에 K·M의 일본어 실력이 점점 늘어서 우리가 괄목상대할 정도가 되었다. 그는 가장 나이가 많은 나를 '첫째 오라버니'라 부르곤 했다.

이 책은 K·M과 '첫째 오라버니', 즉 내가 주고받은 '남매 통신'(편지도 얼마간 포함되어 있지만)의 기록이다.

오쓰카 노부카즈

차례

1장 ──────── '남매 통신'의
시작

보고 싶은 오쓰카 선생님!

안녕하세요? 이번에도 참석하지 않으신다고 들어서 아쉬운 마음으로 편지를 씁니다.

보내주신 책*은 감사히 잘 받았습니다. '4부작**, 드디어 완결!' 축하드립니다. 받자마자 바로 '이야기의 시작'과 제1장의 2와 3, 종장의 4와 5, 후기부터 읽기 시작해 여기저기 읽어보았어요.

가와이 하야오河合隼雄 선생의 저서 중에 『판타지를 읽다』와 유작이 된 『울보 하짱』을 읽은 적이 있어요. 그래서 특히 하야오 선생의 어린 시절에 관한 부분이 궁금했지요. 오라버니와 가와이 선생의 친밀한 관계가 책 속에서도 느껴져 감동했답니다.

오라버니의 첫인상이 표현되어 있는 부분이 재미있었어요. '장발의 호청년好靑年'(딱 봤을 때 솔직하고 쾌활하며 예

---

* O·N이 쓴 『가와이 하야오, 심리요법가의 탄생』(트랜스뷰, 2009).
** O·N이 쓴 위의 책과 앞서 출간한 『이상적인 출판을 위하여』(2006), 『야마구치 아키오의 편지』(2007), 『철학자 나카무라 유지로의 일』(2008, 이상 모두 트랜스뷰 간행) 세 권을 합친 4부작.

의 발라 보이는 느낌을 주는 젊은이—옮긴이). 저는 그 모습을
본 적이 없는데도 충분히 상상이 되어서 빙그레 혼자 웃었
지요.

한국의 동아시아출판인회의는 중국회의 이후로 다
소 흔들림은 있었지만 바로 회복하여 모두 열심히 준비하
고 있어요. '동아시아 100권의 책'***과 전주회의****에 관한
제안을 관련 기관에 제출했습니다. 관계자들과 회의 약속
도 잡았고요. 결과를 기대하고 있답니다. 20일, 소위원회
에 오쓰카 선생님이 오실 줄 알고 저희 집에서 모이기로 했
는데 정말 아쉬워요. 하지만 언젠가 저희 집에서 다시 만날
날을 기대하고 있겠습니다. *****

한국의 날씨는 아침저녁으로는 조금 서늘하고, 낮에는
여름처럼 더워요. 우리 동네는 모내기가 막 끝나서 제일 바

*** EAPC에서는 동아시아에서 중요한 의미를 지니는 인문사회과학 저작
     100권을 선정했다. 한국·중국·일본에서 각 26권, 타이완에서 16권, 홍콩
     에서 6권이 선정되었고 한국어·중국어·일본어판이 간행되었다. 한국어
     판의 서지 정보는 다음과 같다. 동아시아출판인회의 기획, 『동아시아 책
     의 사상 책의 힘─동아시아 100권의 인문도서를 읽는다』, 한길사, 2010.
**** 2009년 10월 전라북도 전주시에 위치한 국립전북대학교에서 열린
     제9회 EAPC 전주회의.
***** K·M은 강화도에 새집을 짓고 O·N을 초대했다. 하지만 그때는 O·N이
      갈 형편이 안 되어 서로 아쉬워했다.

쁜 때는 지났어요. 저희 집 작은 밭에는 상추, (제가 제일 좋아하는) 당귀, 명이나물, 피망을 비롯해서 호박꽃이 자라고 있고 열매도 맺기 시작했답니다. 오이와 수세미는 덩굴손이 나왔어요. 매일 아침저녁으로 야생화와 나무, 채소를 직접 키워보니 마음속 필요 없는 감정의 찌꺼기들이 조금씩 떨어져 나가는 듯합니다. 선생님도 아마 오래된 목재에 대패질, 사포질을 하면서 이런 기분을 느끼시지 않을까 싶어요.******

몸 건강하시고요. 다시 뵐 날을 기다리며……

2009년 6월 15일

맑실 드림

추신. 우리 마을 주변에는 청둥오리와 백로, 왜가리, 저어새(세계적 보호종)를 비롯해 물새와 숲새들이 많아요. 그래서 오리와 부엉이 소리가 나는 피리를 보냅니다(모르는 단어는 사전을 펼쳐 찾아가며 편지를 썼습니다. 어때요? 대단하지요? *^^*).

****** O·N은 퇴직 후 이바라키현 쓰쿠바시에서 옛 민가의 재생을 지원하는 일을 시작하여 오래된 목재와 창호를 수집, 판매하고 있었다.

O·N

이 첫 번째 편지는 2020년 7월에 새롭게 발견했다. O·N의 4부작에 관한 K·M의 언급을 보면 우리는 제3회 EAPC 회의 이후에도 빈번히 연락했다는 걸 알 수 있다. 적어도 K·M은 O·N이 낸 책 세 권을 입수했다.

4부작 가운데 첫 번째 책인 『이상적인 출판을 위하여』는 김언호 대표를 통해 이미 2007년에 한길사에서 한국어판이 출간되었다(한국어판 제목은 『책으로 찾아가는 유토피아』, 이하 원제로 표기). 김언호 대표는 헤이리 북하우스에서 한국어판 출간 기념 파티를 성대하게 열어주었으며(이때 K·M을 비롯한 EAPC 한국 멤버들이 달려와 축하해주었다), 그 다음 날에는 서울에서 대규모 기자 회견을 열어 여러 신문에 기사가 나왔고 몇몇 방송에서 보도가 되기도 했다.

내가 K·M에게 책을 부낼 때 편지를 동봉했을 테니 K·M도 잘 받았다는 취지의 편지를 보냈을 것이다. 그러나 아쉽게도 그 편지들은 남아 있지 않다.

이후 두 번째 편지를 받은 K·M이 처음으로 팩스를 보내주면서 그 뒤로는 팩스를 이용한 통신으로 자리를 잡았다. 팩스 통신은 거의 빠짐없이 남아 있는 만큼 그 이전의 편지가 한 통밖에 남아 있지 않은 건 너무나 안타까운 일이다.

K·M

오쓰카 선생님과 언제부터 편지와 팩스로 연락을 하기 시작했는지는 정확히 기억나지 않는다. 현재 남아 있는 편지와 팩스를 보면 내가 선생님께 소포와 함께 보낸 2009년 6월의 편지가 처음인 듯하고, 2012년부터는 활발하게 팩스를 주고받은 것이 분명하다.

2007년 11월 10일, 한국에서 번역 출간된 오쓰카 선생님의『이상적인 출판을 위하여』에 선생님이 'K·M의 오라버니가 사랑하는 여동생에게 2007년 11월 20일'이라 서명을 해서 보내주셨으니 나도 감사하다는 편지를 썼을 텐데 그것도 남아 있지 않아서 아쉽다. 하지만 그때 주고받은 마음만은 충분히 짐작할 수 있어서 기쁘다(161쪽 쉰여덟 번째 편지 생략 부분).

K·M 님

일본어로 쓴 편지, 그리고 오리와 부엉이 피리 감사합니다.

사랑하는 여동생의 일본어 실력이 몹시 빨리 늘어 감탄했습니다. 이 정도라면 다음 회의의 통역은 K·M에게 부탁해야겠네요. 하하.

제가 쓴 『가와이 하야오, 심리요법가의 탄생』을 벌써 읽어보셨다니 감사합니다. 가와이 선생이 태어난 사사야마篠山는 매우 멋진 곳입니다. 기회가 있다면 꼭 한번 가보시길 바랍니다.

일부러 초대해주셨는데 새집에 가보지 못해 정말 미안합니다. 빠른 시일 안에 아름다운 정원을 볼 수 있으면 좋겠습니다.

우선 급한 대로 감사의 말씀만 전합니다.

2009년 6월 18일

O·N

O · N

이 두 번째 편지와 다음의 세 번째 편지도 제법 최근 (2020년 7월)에 발견했다. 이번에는 K·M이 발견해주었다. K·M의 팩스(쉰여덟 번째 편지)에 따르면, 내가 첫 번째 편지를 발견했다는 것을 알고 혹시나 해서 보관해둔 자료를 찾아봤더니 이 두 편지가 나왔다고 한다.

오쓰카 선생님!

답장을 이렇게 빨리 주시다니 감사해요. 쓰신 것처럼 언젠가는 가와이 선생님이 태어난 사사야마에 가보고 싶네요. 기대가 됩니다.

EAPC 소위원회는 순조롭게 끝났고 성과도 있었습니다. 저희 집에서 회의를 한 토요일에는 하루 종일 비가 내렸어요. 비 오는 정원에서 점심 식사를 하며 이야기하기가 쉽지는 않았지요. 하지만 그 비가 벼와 채소를 위한 좋은 비라는 이야기를 하면서 모두 비를 즐겼답니다. 회의는 오전 11시부터 오후 6시까지 이어졌어요. 선생님이 계셨다면 좀 더 빨리 끝났을 텐데 말이지요. *^^* 함께 계셨다면 다들 얼마나 반가워했을까요.

오늘 아침 저희 집 작은 텃밭에서 처음으로 열매를 맺은 오이와 고추를 따서 먹어보았어요. 세상에서 제일 맛있는 오이와 고추였답니다.

7월 8일 일본에 갑니다. 도쿄국제도서전 참관과 북알프스 등산을 위한 여행입니다. 류사와 선생님께도 말씀드렸는데요. 7월 9일 오후 6시경에 뵙는 것 어떠신지요. 시간

괜찮으시면 얼굴 뵙고 싶어요.*

한국은 지금 장마라 비가 오락가락하고 있습니다. 일
본은 어떤가요?

건강하시고요.

2009년 7월 3일

K·M

---

*   이날은 신주쿠 가부키초의 술집에서 10명 내외의 한국인 일행이 가토,
류사와, O·N과 만나 왁자하게 보냈다.

2장 —————— 한국의 출판인이 만든
국제 출판문화상

네 번째 편지(2011년 12월 22일) ~
스물네 번째 편지(2012년 11월 2일)

오쓰카 선생님!

메이지대학에서 최고의 회의를 열어주셔서[*] 거듭 감사의 말씀 드립니다.

얼마 전에 한국 멤버들끼리 송년회를 했는데요, 거기서도 이번 메이지대학회의가 좋았다며 화제가 되었답니다. 이런 귀중한 기회를 만들어주신 오쓰카 선생님을 비롯해 회의 준비와 진행을 위해 수고해주신 많은 분들을 생각하면 얼마나 감사한지 모르겠어요.

선생님의 귀한 책[**]은 받자마자 제가 먼저 읽어보고, 인문팀으로 보내 상세한 검토를 부탁했습니다. 사실 저는 책을 읽자마자 마음속으로 한국어판을 출간해야겠다고 결정했어요. 하지만 우리 회사는 사장의 뜻보다는 직원들의 자발적 의지를 우선시하기 때문에 출간 결정이 나기를 기

---

[*] 제12회 EAPC 도쿄·메이지대학회의(2011년 12월 1~2일)를 말한다. 당시 메이지대학 교무 담당 이사(뒤에 총장)가 된 쓰치야 게이치로土屋恵一郎와 O·N이 오랫동안 알고 지낸 사이였기에 메이지대학과 EAPC의 공동 주최를 요청했고 실현되었다.

[**] O·N이 쓴 『불의 신화학 – 양초에서 핵의 불까지』(헤이본샤. 2011).

다리고 있었습니다.

인간은 다른 무엇보다 불을 소중히 하면서 가족과 사회를 만들어왔지요. 오늘날 공동체가 붕괴해가는 이유를 우리 생활에서 자연의 불이 없어졌다는 사실에서 찾는 선생님의 의견에 저는 크게 공감합니다. 인간은 불을 생활의 편리를 위해 활용했고 그 결과로 문화(반자연反自然)를 얻었지만, 궁극의 불은 바로 자연(반문화反文化)이었다는 역설에 관해서도 깊이 생각해보았습니다.

선생님의 역작을 사계절출판사에서 출간할 수 있게 되어 기쁩니다. 헤이본샤와 의논해서 새로운 도판과 시각 자료를 추가하고, 책의 크기도 조금 더 크게 만들 생각입니다. 내년 말 즈음에 출간되지 않을까 싶어요.

한국 독자를 위한 선생님의 서문이 필요한 시점이 되면 말씀드리겠습니다.

2월에 베이징에서 뵐 수 있기를*** 바랍니다.

2011년 12월 22일
맑실 올림

*** 2012년 2월 17일, EAPC의 핵심 멤버들이 베이징회의에서 다시 만났다.

32

다섯 번째 편지 - O·N이 K·M에게

K·M 님

기쁜 소식 전해주셔서 감사합니다.

보잘것없는 제 책『불의 신화학』의 한국어판이 사계절출판사에서 간행될 줄이야.* 정말 꿈만 같습니다. 현장 편집자들의 자발적 의지를 중시하는 K·M 대표가 이끄는 멋진 사계절출판사의 출간 목록에 제 책을 넣어주시다니 이 이상의 영광이 없습니다. 부디 잘 부탁드립니다.

오늘 도쿄의 아침은 추웠습니다. 파주를 가득 채우고 있던 차가운 새벽 공기**를 떠올리며, 또 K·M의 얼굴을 떠올리며 이 팩스를 쓰고 있습니다.

7년 동안 서로 오가며 K·M을 비롯한 한국의 걸출한 출판인들***과 친해질 수 있었던 것은 제 인생에서 대단히

---

* 한국어판 서지 정보는 다음과 같다. 오쓰카 노부카즈, 송태욱 옮김,『호모 이그니스, 불을 찾아서』, 사계절출판사, 2012.

** 북한과의 군사 경계선에 인접한 파주시의 출판사 집결지 파주출판도시에 관해서는 이미 썼다. 사계절출판사도 거기에 있다. 외국에서 온 방문자는 파주출판도시 중심에 있는 호텔 지지향紙之鄕에 숙박한다. 회의도 지지향에서 열리는 일이 많다. 이 호텔에 묵은 다음 날 아침은 반드시 식사 전에 창비나 사계절출판사 앞을 지나 출판도시 경계까지 산책을 하는 것이 나의 습관이다.

귀중한 일이 되었습니다. 그런 의미에서도 마음속 깊이 감사드립니다.

앞으로도 잘 부탁드립니다. 좋은 새해 맞이하시기 바랍니다. 사랑하는 여동생에게!

2011년 12월 23일

O·N

*** 다시 한번 열거하자면 K·M을 비롯해 김언호, 한철희, 김시연, 한성봉, 정은숙(마음산책 대표), 안희곤(사월의책 대표), 한경구(서울대학교 교수, 일조각 고문), 임경택(국립전북대학교 교수) 등이 있다.

오쓰카 선생님!

새해 복 많이 받으세요. 올해도 계획하신 일이 순조롭게 진행되기를 기원합니다.

요즈음 파주는 굉장히 추워요. 내일이 소한이니, 소한이 자신의 추위가 얼마나 대단한가를 보여주고 있는 것만 같아요. 선생님의 따뜻한 팩스, 고맙습니다. 그 뒤로 아무 연락을 드리지 못해 미안합니다.

지난해 말에는 퇴근 후에 연극 리허설을 하면서 즐겁게 지냈습니다. '바보 여신'의 이야기인데요, 저는 '바보 여신'의 친구인 경솔과 쾌락이라는 두 여신을 연기했답니다. 경솔과 쾌락을 표현하는 제 대사에 청중이 재미있어 해주어 다행이었어요.

동아시아출판인회의가 없었다면 선생님을 만나지 못했겠지요. EAPC는 제게 귀중하고도 멋진 선물 같습니다. 올해도 잘 부탁드릴게요. 2월에 베이징에서 뵙겠습니다.

2012년 1월 5일
여동생 맑실 올림

K·M 님

전화로 밝은 목소리 들려주어 고맙습니다. 올 한 해 K·M과 가족분들, 그리고 사계절출판사에 많은 성과가 있기를 기원합니다.

지난해 말, 연극에서 경솔과 쾌락이라는 두 여신 역을 연기해 갈채를 받으셨다니 멋집니다. K·M의 모습이 눈앞에 보이는 듯합니다.

이탈리아의 연극 코메디아델라르테Commedia dell'arte(16~18세기 이탈리아에서 발달한 희극의 한 형태—옮긴이)에 등장하는 알레키노나 일본의 교겐狂言(일본의 전통 연극—옮긴이)에 나오는 다로카자太郎冠者, 혹은 그리스 신화의 헤르메스 신(30년 전에 제가 창간한 잡지 『계간 헤르메스』는 여기에서 따왔습니다)처럼 장난치기 좋아하고 방탕한 캐릭터야말로 매력적이니까요.

그런데 관객들이 즐거워했던 이유는 K·M이 실은 경솔, 쾌락과는 정반대의 사람이었기 때문이 아닐까요? 기회가 된다면 저도 꼭 보고 싶습니다.

베이징에서 열리는 다음 회의에서 만날 수 있으면 좋

겠네요.

몹시 추운 계절입니다. 부디 무리하지 말고 건강하시길.

2012년 1월 5일

O·N

오쓰카 선생님! 가토 선생님! 류사와 선생님! 둥슈위 선생님! 린짜이췌 선생님! 마 선생님!* 린 선생님!**

이번 회의***는 하루뿐이었지만 앞으로 동아시아출판 인회의가 해야 할 중요한 사업의 기초를 다지는 시간이었던 것 같아요. 이번 회의를 위해 사전에 논의의 상세한 부분까지 꼼꼼하게 준비해주신 린짜이췌 선생님, 둥슈위 선생님(선생님이 보내주신 선물 정말 맘에 듭니다), 그리고 일본의 선생님들께 감사드립니다.

또 숙소뿐 아니라 매일 맛있는 음식과 술을 제공해주신 쓰촨교육출판사四川教育出版社에도 큰 감사를 드립니다.

특히 한국 측 사업인 아시아출판상****을 위해 시간을 내

---

* 중국의 마젠취안馬健全 선생. EAPC 초기부터 중국 측 연락 및 통역 담당자로 활약했다. 프랑스 유학, 일본 연수 등의 풍부한 경험 덕분에 EAPC 모든 멤버가 신뢰하는 분이다. O·N의 책『이상적인 출판을 위하여』의 중국어판 번역자(양징楊晶과 공역)이고, 저명한 북디자이너 루즈창呂敬人 씨가 마 선생의 부군이다. 루즈창 씨는『이상적인 출판을 위하여』의 간체자판(다음 편지의 주석 참조) 디자인을 해주었다.

** 타이완 연경출판사 편집부의 린야쉬안林亞萱 편집자. 일본어가 유창하며『이상적인 출판을 위하여』의 타이완판 편집을 맡았다.

*** 2012년 2월 17일 베이징에서 열린 EAPC 핵심 멤버 회의.

주신 점도 깊이 감사드립니다. 아직 부족한 제 일본어를 멋들어지게 통역해주신 마젠취안 선생님과 린야쉬안 선생님께도 감사드리고요. 한국 쪽은 회의 준비도 열심히 하지 못한 데다가 회의 중에도 성실하지 못하여(저희 사업인 아시아출판상에 대한 회의에도 출석을 못 했지요) 참으로 미안합니다.

이번에 제가 말씀드린 내용을 다시 정리해보았습니다. 먼저 아시아출판상 제1회 회의 일정은 지난번에 정한 대로 다음과 같습니다. 3월 1일(목) 한국 입국, 2일(금) 회의, 3일(토) 귀국(회의 일정을 이렇게 서둘러 정하게 되어서 미안합니다. 특히 3월 5일 미국 출장을 가시는 류사와 선생님께는 무리한 일정일 것 같습니다만).

제1회 회의 의제는 다음과 같습니다.
1. 상의 명칭
2. 조직 체제
   한국 측 의견
   공동조직위원장: 오쓰카 선생, 둥슈위 선생, 김언호 대

**** 파주북어워드(PBA)를 이른다. 이 시점에는 아직 정식 명칭이 정해지지 않았다.

표. 그 외 1명을 일본이나 중국에서 추천해주세요.

심사위원: 가토 선생, 류사와 선생, 린짜이줴 선생, 한국인 3명. 그 외 1명을 추천해주세요.

3. 수상 분야

4. 상금과 수상 형식

5. 앞으로의 진행 계획

3월 2일: 제1회 회의

3~4월: 각 분야에서 추천된 책 목록에 관하여 모든 위원이 메일로 회의

5월: 도쿄회의에서 최종 결정

6월 중순: 프로그램과 상세한 일정 확정 후 수상자에게 알림

6. 수상자와 모든 위원이 참가하여 진행할 수 있는 프로그램을 결정할 것

7. 상의 질을 높이고 신뢰성과 공정성을 담보할 방법

8. 아시아출판상의 시상식과 프로그램 진행 일정. 파주북소리***** 일정(9월 15~23일)에 맞추어 결정할 것

***** 매년 가을 파주출판도시에서 일주일 동안 개최되는 도서 축제. 다양한 행사가 개최되고 많은 관객이 방문한다.

이상입니다.

항공편이 결정되면 알려주세요. 잘 부탁드립니다. 또 연락드리겠습니다.

추신.   오쓰카 선생님, 갑작스럽지만 공식적인 편지를 먼저 보냅니다. 이번 회의에서 선생님을 뵐 수 있어서 정말 기뻤습니다. 여러모로 경험이 부족한 저를 항상 따뜻하게 이해해주셔서 마음이 든든합니다. 회의를 마치고 돌아올 때마다 반성하고 있어요.

2012년 2월 20일

여동생 맑실 올림

O·N

PBA의 탄생 과정이 담긴 중요한 편지다. 이 상의 운영은 김언호 대표와 K·M을 중심으로 EAPC와는 직접적인 관련이 없는 한국 출판인도 일부 함께하고 있다. PBA는 재정적으로 파주시의 강력한 지원을 받고 있으며 EAPC와는 별개의 조직이다. 그러나 PBA는 EAPC가 그동안 축적해온 경험을 잘 활용했다. 특히 인적 구성에서 양쪽이 겹치는 부분이 많다.

PBA의 중요한 의의와 운영에 관해서는 다음 편지에서 구체적으로 나올 것이다.

아홉 번째 편지 – O·N이 K·M에게

K·M 님께

팩스와 전화 고맙습니다. 제가 메일을 쓰지 않아서 저만 K·M과 직접 이야기할 수 있는 특권을 가지게 되었습니다(번거롭게 해서 죄송합니다만).

3월 1일부터 3일까지의 한국행에 관해서는 잘 알겠습니다. 비행기 시간은 류사와 선생이 연락을 해줄 것 같습니다.

K·M을 비롯한 한국 멤버들을 만날 수 있게 되어 정말로 기쁩니다. 이번에 베이징에서 왕자밍汪家明* 선생의 건강하고 활기찬 모습을 볼 수 있어서 안심했습니다. 우리 동료가 한 사람이라도 빠지게 된다면 그건 슬픈 일이니까요.

제 책『불의 신화학』한국어판에 관하여 여러 가지로 배려해주셔서 정말 감사하다는 말씀 드립니다. 기회가 된다면 담당 편집자와 번역자를 소개받고 싶은데 가능할까

---

* 중국 삼련서점의 전 부총경리인 왕자밍 선생. 당시에는 중국인민예술출판사 총경리였다. 어린이책과 삽화 연구자로도 알려져 있고, 여러 권의 책을 썼다. 뒤에 O·N의『이상적인 출판을 위하여』의 중국어판(삼련서점, 2014) 초빙 편집자를 맡았다.

요? 잘 부탁드립니다.

이 책의 인터뷰 기사가 교도통신사共同通信社를 통해 전국의 지방신문(20개 정도)에 게재되었으니 참고하시라고 보내드립니다.[**]

그러면 3월 1일에!

2012년 2월 20일
O·N

나카무라 유지로中村雄二郎, 가와이 하야오, 야마구치 마사오山口昌男 등의 문화인과 협력하여 뛰어난 서적을 세상에 낸 이와나미쇼텐 전 사장 오쓰카 노부카즈 씨. 이 책에서는 신화학과 민속학, 예술 등 여러 영역을 횡단하며 '불'의 의미를 고찰한다.

오쓰카 씨가 불에 관심을 갖게 된 계기는 "이로리(농가 등의 집 안에 사각형으로 마룻바닥을 파고 불을 지필 수 있게 한 일본의 난방 겸 취사 장치—옮긴이)에 둘러앉은 사람들이 끝

[**] 하나의 예로 2012년 1월 15일자 『미나미니혼신문』에 게재된 기사 '페이지의 여백' 「신비한 작동에 관하여 - 『불의 신화학』의 오쓰카 노부카즈 씨」를 편지 아래 인용한다(사진, 저자 소개 등은 생략).

도 없이 자신의 경험을 이야기하는 것이 신기해서”이다.

오쓰카 씨는 오래된 민가를 좋아하여 20년 전에 이바라키현 쓰쿠바시의 낡은 농가를 사서 원래 설치되어 있던 이로리를 복원했다. 타오르는 장작을 보며 식사를 하고 술을 마시다 보면 가위에 눌릴 정도로 무서운 전쟁 체험을 고백하는 사람이 나온다. 오쓰카 씨는 “불꽃이 의식 중에 잠들어 있는 여러 가지를 흔들어 깨운다”라고 본다.

이로리나 부뚜막이 다른 차원의 세계로 가는 입구로 간주되는 등 불을 사용하는 장소에는 평탄하지 않은, 깊이 있는 세계가 펼쳐진다. 오쓰카 씨는 동서고금의 서적과 문헌을 통해 불의 신비한 모습에 다가간다.

“인간은 불에서 따스함과 친숙함을 느낀다. 불은 가족 및 공동체 형성과 긴밀히 관련되어 있으리라.” 집에서 흔들리는 불꽃을 볼 수 있는 ‘장작 스토브’가 유행하는 것도 이런 이유에서일 것이다.

한편으로 불은 때로 인간을 향해 무서운 엄니를 드러내며 제어할 수 없는 두려운 모습을 보인다. 불에는 ‘은혜와 위협’이라는 양면성이 있다. 오쓰카 씨는 그것을 후쿠시마 원전사고를 통해 실감했다. 이 책을 3분의 2 정도 썼을 때 원전사고가 일어났다. 이후 “불을 제어하는 것이 얼마나 어려운 일인지"를 설명하는 것으로 주제를 정했다.

"'원자로'나 '원자의 불을 붙인다' 등 원자력 발전을 불과 연관 지어 표현하는 것도 그것이 '핵이라는 불'이며 과학 기술의 정수를 모아 만든 거대한 '불'이라고 인정하고 있다는 증거다"라고 지적한다.

인간의 정념도 이성으로 제어할 수 없기에 자주 '불'에 빗댄다. "이는 인간이 인간이기 위한 중요한 요소이기도 하다. 인간은 다차원적인 존재이며 항상 심연에 직면해 있음을 불은 가르쳐준다"고 했다. 이는 나카무라 유지로, 가와이 하야오, 야마구치 마사오가 던진 메시지이기도 하다. 이런 의미에서도 오쓰카 씨는 "불을 잊지 말라"고 호소한다.

열 번째 편지 – O·N이 K·M에게

K·M 님께

(항상 그렇지만) 이번에는 정말 신세 많이 졌습니다. 감사합니다. 귀중한 시간을 내주었을 뿐 아니라 비용도 많이 쓰시게 해서 송구스러울 따름입니다.

파주북어워드는 K·M과 한국 멤버들의 노력으로 좋은 내용을 갖춘 훌륭한 상이 되리라 확신합니다. 동시에 책과 출판에 대한 한국 측 여러분의 강한 의지에 경의를 표합니다. 저도 작지만 조금 거들 수 있게 되어 영광으로 생각합니다.

오리탕과 마지막 날의 한식은 최고였습니다. 덕분에 한국 전통 요리의 훌륭함을 조금이나마 알게 되었습니다 (탕과 찌개의 차이를 가르쳐주신 덕분에* 이제 이해가 되었습니다).

또 조건형 씨**를 소개해주셔서 감사합니다. 한국의

---

* 탕은 닭(삼계탕)이나 우족(우족탕) 등을 오래 고아서 만든 것으로 건더기가 많고 국물이 적은 국을 뜻하고, 찌개는 뚝배기나 작은 냄비에 국물과 함께 고기나 생선, 채소, 두부 등을 넣어 간장, 된장, 고추장, 새우젓 등으로 간을 하여 푹 끓인 반찬을 말한다. [일본어판을 위해 K·M]
** 사계절출판사의 편집자. 다음 편지에서 다시 한번 소개한다.

젊은 편집자와 친구가 될 수 있다니 정말 기쁩니다. 조건형 씨에게 잘 부탁한다고 전해주세요.

급하게 감사한 마음만 전하고자 썼습니다. 5월에 도쿄에서 만날 날***을 즐겁게 기다리고 있습니다.

사랑하는 여동생이여!

2012년 3월 5일

일본에서 오라버니 O·N

*** 제13회 EAPC 도쿄외국어대학회의를 이른다.

오쓰카 선생님!

일본으로 돌아가시자마자 바로 주신 팩스 고맙습니다. 선생님의 따스한 맘이 담긴 내용이라 제 마음도 따뜻해졌어요.

파주북어워드와 관련해 제게 용기를 불어넣어주셔서 정말 마음 든든합니다. 파주는 요즈음 꽃샘추위가 한창이에요. 그래도 봄이 왔으니 마음에도 여유가 생긴 듯합니다.

인문팀 조건형 팀장은 선생님을 뵈었을 때는 말수가 적었지만 성실하고 침착한 성격으로 일도 잘하는 편집자입니다. 책 번역이 끝나는 대로 선생님께 여러 가지 질문을 드릴 거예요. 조건형 팀장과 제가 일본에 함께 가서 선생님을 뵐 기회를 만들려고요.

동아시아출판인회의라는 네트워크가 더욱더 견고해지고 그 영향력이 점점 커지는 것 같아 일본에 계신 선생님들께 항상 감사한 마음입니다. 앞장서서 EAPC를 기획하고, 아무것도 없는 상황에서 다섯 지역에 단단한 네트워크를 만드는 건 정말 쉬운 일이 아니니까요. 파주북어워드 일로 또 연락드리겠습니다.

사랑하는 오라버니!

2012년 3월 12일

여동생 맑실 올림

오쓰카 선생님!

안녕하시지요? 지난번에는 각각 다른 회의가 있어서[*] 일본의 선생님들은 다른 때보다 더 바쁘고 힘들지 않으셨나 모르겠습니다. 무슨 회의든 늘 소홀히 하지 않고 완벽하게 준비해주셔서 감사해요.

특히 파주북어워드 최종 선정회의를 성공리에 마칠 수 있게 여러 가지 배려를 해주신 점, 마음속 깊이 감사드립니다.

저에게 PBA 최종 선정회의 결과는 놀랄 만한 일이었어요. 30권 이상의 훌륭한 책 가운데서 4권만 선정하는 건 참으로 어려운 일이니 분명 난관이 있을 거라 예상했거든요.

하지만 제 예상과 달리 모두의 마음이 통해 잘 정리가 되어[**] 정말 기뻤어요. 동아시아출판인회의의 저력을 다시 한번 실감할 수 있는 자리였습니다.

저만 먼저 귀국을 하게 되어 미안합니다. 맏며느리다

---

[*]   PBA 최종 선정회의(5월 23일), 제13회 EAPC 도쿄외국어대학회의(5월 24~25일)가 이어진 것을 말한다.

보니 챙겨야 할 집안일들이 있어서요. 덕분에 집안 행사는 무사히 마쳤답니다.

부탁드리고 싶은 게 하나 있습니다. 한국의 진보적 인터넷 매체 가운데『프레시안』이라는 곳이 있어요. 이 매체의 출판 면이 3년 전부터 매주 토요일에 올라오는데요, 올해 7월로 100회를 맞이하게 되었어요. 100회를 기념해서 올해 100년이 된 출판 관련 회사를 취재한다고 해요. 출판사 가운데서는 이와나미쇼텐을 취재하고 싶다고 하네요.

이와나미쇼텐의 100년 역사에 관해 애정과 책임감을 가지고 취재 대담에 응해주실 분을 소개해주시면 고맙겠습니다.『프레시안』의 담당자가 그분에게 직접 연락을 해 일정 등에 관해 여쭐 것 같습니다.

『프레시안』이 백낙청 선생님과 한 대담 기사가 이와나미쇼텐의『세카이世界』에 2, 3회 게재된 적도 있다고 하네

<hr />

** 제1회 PBA(2012) 수상자는 아래와 같다.
  1. 저작상: 첸리췬錢理群,『마오쩌둥 시대와 포스트 마오쩌둥 시대』, 연경출판, 2012(타이완)
  2. 기획상: 왕판썬王汎森,『중국사 신론』(전10권), 연경출판, 2008~2010 (타이완)
  3. 출판미술상: 루즈창(중국)
  4. 특별상: 헤이본샤의 '동양문고東洋文庫'(일본)

요. 잘 부탁드리겠습니다.

2012년 6월 22일

여동생 맑실 올림

K·M 님께

팩스 고맙습니다. 도쿄외국어대학회의는 많은 분들이 애써주신 덕분에 성공리에 마칠 수 있었습니다. 다행입니다. 저희야말로 여러분께 진심으로 감사의 말씀 올립니다.

PBA에서 훌륭한 내용의 책들이 수상작으로 선정되었기 때문에 상에 대한 평가도 반드시 높아질 거라 확신했습니다. 내년에는 한국에서도 후보 작품이 많이 나오기를 기대합니다.

『프레시안』의 취재 건 정말 감사합니다. 연락을 받자마자 이와나미쇼텐의 고지마 게이小島潔(총편집부장) 씨에게 승낙을 얻었습니다. 이제 직접 고지마 씨에게 연락하시면 됩니다. 연락처는 다음과 같습니다. [생략]

이상, 서둘러 답신만 보냅니다.

2012년 6월 22일

O·N

오쓰카 선생님!

35도를 넘는 더운 날씨가 이어지고 있지만, 어느새 아침저녁으로 시원한 바람이 불어와 가을 정취를 느끼게 하네요. 올해 무척 더웠는데 어떻게 지내셨는지요.

선생님 덕분에 『프레시안』의 100회 특집 인터뷰는 아주 잘 진행되었다고 합니다. 야마구치 아키오山口昭男 사장님이 직접 인터뷰에 응하여 귀중한 이야기를 많이 들려주셨어요. 『프레시안』의 기자가 사전에 선생님의 책 『이상적인 출판을 위하여』를 읽고, 그 내용을 곳곳에서 언급하는 등 많이 참고를 한 모양이에요. 감사 인사가 늦었네요. 진심으로 감사드립니다.

올여름에 저는 파주북소리와 PBA 양쪽 일로 바빴지만 즐겁게 지냈어요. 동아시아출판인회의를 통한 소중한 만남이 제게 큰 힘과 원동력이 되고 있습니다.

그리고 선생님 책은 번역이 끝나 교정 작업이 진행 중이에요. 도판도 일본의 원저작자들과 연락하면서 정리하는 중이고요. 책은 10월 중에 출간할 예정이랍니다.

선생님의 한국어판 서문은 파주북소리에 오실 때 주

시면 감사하겠습니다. 그때 인문팀장과 함께 선생님을 모실 자리를 만들려고요. 북소리 때 뵙겠습니다.

2012년 8월 24일

맑실 올림

K·M 님께

팩스 고맙습니다. 오랜만에 전화로 K·M의 밝은 목소리를 들어서 무척 반가웠습니다. 『프레시안』 인터뷰가 잘 진행되었다니 다행입니다. 기자 분이 저의 보잘것없는 책을 읽어주셨다니 더할 나위 없는 영광이네요.

"파주북소리와 PBA 양쪽 일로 바빴지만 즐겁게 지냈어요"라니요. 너무나도 K·M다운 말씀이라 무심코 제 입꼬리가 올라가고 말았습니다. 두 행사가 성공적으로 개최되기를 기원합니다.

제 책 『불의 신화학』의 한국어판에 관하여 여러 가지 배려를 해주셔서 감사의 말씀 드립니다. 한국어판 서문은 늦어도 북소리 행사 때까지는 드리겠습니다. 가능하면 그전에 정리하여 팩스로 보내려고 합니다. 제 변변찮은 원고를 K·M이 보고 의견을 주셨으면 해서입니다.

그럼 또 연락드리겠습니다. 사랑하는 여동생이여!

2012년 8월 24일

O·N

열여섯 번째 편지 – O·N이 K·M에게

K·M 님께

『불의 신화학』의 한국어판 서문을 썼습니다. 손으로 쓴 원고라 정말 미안합니다. 다음 내용에 관해 의견을 들려주시면 감사하겠습니다.

① 서문으로서 길지는 않은지
② 내용상 문제는 없는지
③ 바꾸어야 할 표현은 없는지
④ 그 외

시간은 충분히 있으니 사랑하는 여동생의 의견을 듣고 수정할 수 있어요. 바쁜 가운데 미안하지만, 답장 기다리겠습니다.

2012년 8월 27일
O·N

한국어판 서문

저로서는 한국어판 서문을 쓰게 된 일이 무엇보다 기쁩니다. 왜냐하면 문화 교류란 이문화異文化 상호 간의 이해를 향해 한 걸음 한 걸음 구체적으로 나아가는 것 외에 방법이 없다고 믿기 때문입니다. 또한 이번에 이런 기회가 주어진 것을 저는 정말 감사하게 생각합니다. 이 자리에서 그 이유를 말하고자 합니다.

저는 이 책을 일본인을 위해 썼습니다. 왜냐하면 일본인이 불을 잊어가고 있기 때문입니다. 불은 인간에게 많은 은혜를 주는 것이고, 과학·기술의 발전은 불을 최대한 활용함으로써 빛나는 현대문명을 쌓아왔습니다. 그 결과 아이러니하게도 일본인의 일상생활에서 불은 거의 모습을 감추려는 것처럼 보였습니다. (바로 50년 전까지 일본인은 취사를 비롯해 불에 의지하여 생활해왔는데 말입니다.)

마침 그러한 때 '3·11'(2011년 3월 11일에 일어난 동일본 대지진과 쓰나미, 그것에 의한 후쿠시마 원자력발전소의 대사고)이 일본 열도를 덮쳤습니다. 원자력발전소(원전)를 가동시키고 있는 '핵의 불'이 폭발한 것입니다. '핵의 불'은 원전 주변에 사는 굉장히 많은 사람들의 생활을 빼앗았을 뿐만 아니라 적어도 앞으로 백 년간은 이 지역에서 사람이 생존할 수 없도록 만들었습니다. 게다가 후쿠시마 원전의 '핵의 불'은 아직도 인간이 제어할 수 있는 상태가 아닙니다. 언제 다시 폭발할지 모르는 상태입니다.

사랑이나 증오 같은 인간의 정념은 늘 불에 비유되어 왔습니다. 예를 들어 '불타는 듯한 사랑'이라든가 '애를 태우는 질투' 같은 말처럼 말이지요. 왜냐하면 불이 간단히 제어될 수 없는 것처럼 정념도 이성에 의해 제어될 수 있는 것이 아니기 때문입니다.

하지만 일본인은 핵의 불을 제어할 수 있다고 믿고 말았습니다. 아니 믿게 되어버렸습니다. 그런데 핵의 불을 제어하기 위해서는 엄청나게 막대한 비용이 듭니다. 아무리 대기업이라 하더라도 이익을 추구하는 조직인 이상, 완전한 안전성을 추구한다면 원전은 전혀 수지가 맞지 않을 터입니다. 일본인은 드디어 그런 사실을 깨닫기 시작했습니다.

다시 말해 저는 일본인이, 불은 커다란 은혜를 주었지만 동시에 간단히 제어할 수 있는 것이 아니라는 사실을 이해했으면 좋겠다는 생각에서 이 책을 썼습니다. 따라서 이 책에서 들고 있는 사례는 대부분 일본의 것입니다.

그런데 놀랍게도 한국의 양식 있는 출판인이 이 책의 일본어판이 간행된 직후 일본인을 향한 저의 메시지를,

현대를 사는 모든 사람에 대한 메시지로 고쳐 읽어 한국어판의 간행을 제안해주었습니다. 게다가 한국어판을 만들 때 한국의 사례나 사진, 각주를 더함으로써 보다 설득력 있는 책으로 편집하고자 한다는 것이었습니다.

저는 그 제안을 듣고 처음에는 솔직히 걱정되는 마음과 함께 놀라움을 느꼈습니다. 하지만 한국어판의 주도면밀한 편집 태도를 알게 되어 깊이 감사하지 않을 수 없었습니다. 동시에 책을 출판하는 것의 의미에 대해서도 새삼 생각하게 되었습니다. 책은 어느 한 나라 사람들을 위한 것이 아니라 모든 인간을 위한 것이라는 것을. 그것을 한국의 한 출판인이 가르쳐주었습니다.

사계절출판사의 강맑실 대표와는 지난 10년 동안 동아시아출판인회의를 함께해왔습니다. 그의 꾸밈없는 인품은 동아시아출판인회의의 모든 사람들에게 사랑받고 있습니다. 물론 저도 그중의 한 사람입니다. 이번에 그의 진지한 제안을 듣고 저는 출판에 대한 그의 뜻을 알 수 있었습니다. 깊은 감사의 말씀을 드리는 동시에 진심으로 경의를 표합니다.

또한 한국어판을 간행하는 과정에서 여러 가지로 배려를 해주신 사계절출판사 편집부의 조건형 팀장과 진승우 씨에게도 고맙다는 말씀을 드립니다.

　마지막으로 이 책이 사계절출판사의 기대에 부응하여 한 사람이라도 많은 한국 독자에게 전해지기를, 그리고 한국과 일본의 문화 교류에 조금이나마 공헌할 수 있기를 진심으로 바라마지 않습니다.

2012년 9월 도쿄에서

오쓰카 노부카즈

열일곱 번째 편지 – O·N이 K·M에게

K·M 님

언제나 그러하지만, 어제 식사 정말 맛있게 잘 먹었습니다(게다가 사람도 아주 많았지요). 정말 맛있는 식사에 혀를 내둘렀습니다. 배려해주신 점 깊이 감사드립니다.

먼저 파주북어워드를 성공적으로 치러낸 것 진심으로 축하드립니다. 그러고 보니 한일 간, 중일 간에 정치적 갈등이 있는 이 시기에 파주북어워드 같은 국제적인 행사를 성사시킨 것은 아무리 높게 평가해도 지나치지 않을 것입니다. 김언호 대표와 K·M을 비롯한 한국의 많은 분들이 보여준 노력에 진심으로 경의를 표합니다.

그리고 제 책『불의 신화학』한국어판을 K·M과 진승우 씨가 어찌나 꼼꼼하게 봐주셨는지 정말 감격했습니다. 또 편집 작업도 꼼꼼하게 해주셔서 이러다가는 일본어판보다 훨씬 좋은 책이 될 것이 틀림없습니다. '우주항'*에 관해서는 정말 부끄럽습니다. 틀린 곳을 찾아주셔서 감사합니다. 또 가모프George Gamow(러시아 태생의 미국 물리학

---

* 　다음 편지를 참고할 것.

자—옮긴이)가 프리드만Alexander Friedmann(러시아 수학자—옮긴이)에 관해 배운 대학도 레닌그라드가 맞습니다. 페트로그라드는 1924년에 레닌그라드로 이름이 바뀌었으니까요(레닌그라드는 1991년에 다시 상트페테르부르크로 이름이 바뀌었다—옮긴이). 이 점에 관해서도 진승우 씨에게 진심으로 감사드립니다.

어서 한국어판이 출판되기를 학수고대하고 있습니다. 그리고 이 작은 책이 한국과 일본 사이의 문화 교류의 증거가 되기를 간절하게 바랍니다.

도쿄에 돌아와서 신문과 TV 보도를 보면서 우리의 EAPC가 얼마나 소중한 조직인지를 새삼 깊이 깨달았습니다. 우리의 우정을 능가하는 것은 어디에도 없다는 것도요.

만약 10월에 도쿄에서 뵙게 된다면 얼마나 반가울까요(하지만 절대로 무리하지는 마세요).

이상, 급한 대로 감사의 말씀, 그리고 다시 한번 축하의 말씀만 전합니다. 사랑하는 여동생이여! 진승우 씨에게도 잘 부탁한다고 전해주세요.

2012년 9월 20일

O·N

열여덟 번째 편지 – O·N이 K·M에게

K·M 님

자꾸 번거롭게 해서 미안합니다.

지난번에 말씀해주신, 제 책 앞부분에 나오는 아인슈타인의 '우주항'에 관하여 다시 한번 확인해보았습니다. 그 결과 다음과 같은 결론을 얻었습니다.

① 제 책의 기술(15쪽 4행)은 틀린 것이 아니다.

② 단, 지적해주신 것처럼 다음 쪽(16쪽) 8~9행의 문장과 어떤 관계인지 이해하기 어렵다.

③ 따라서 기존의 서술을 다음과 같이 바꾼다.

기존: 방정식의 우변에서 '우주항'이라 불리는 것을 빼는 형태로……

수정: 방정식의 우변에 '우주항'을 더하는 형태로 ……

이상, 사소한 내용이라 미안하지만 진승우 씨에게 전해주기를 바랍니다. 꼼꼼하게 내용을 체크해주셔서 고맙습니다.

혹시 도쿄에서 만날 수 있다면 이보다 더한 기쁨은 없을 것입니다.

2012년 9월 23일

O·N

추신. 선물해주신 볼펜으로 이 편지를 썼습니다.

열아홉 번째 편지 – K·M이 O·N에게

[팩스 문제로 서두의 네다섯 줄 누락]

덕분에 파주북어워드와 여러 행사를 무사히 잘 마쳤어요. 고맙습니다. 선생님을 비롯한 EAPC 여러분이 안 계셨다면 불가능한 일이었을 거라 생각해요.

언론의 커다란 관심과 보도(『한겨레신문』의 한승동 기자가 동양문고*에 관해 헤이본샤 편집장인 세키 선생**을 인터뷰한 기사도 크게 게재되었어요. 24일자 신문에요) 덕분에 행사 기간 중에 사람이 많이 모였습니다. 2년 만에 영향력이 몹시 커진 듯해요. 누구보다도 시장님이 가장 만족하지 않았나 싶습니다.*** 내년에는 예산 때문에 걱정하지 않으셔도 될 것 같아요. *^^*

선생님의 『불의 신화학』에 관해 알려주신 부분은 진승우 씨에게 전했습니다. 물론 저는 일본 책보다 더 멋지게

---

* 2012년 제1회 PBA 특별상 수상작(52쪽 주석 참조).
** 세키 마사노리關正則(당시 헤이본샤 편집부).
*** PBA는 '파주출판도시'라는 세계 유일의 출판도시가 주체가 되어 지방 자치단체인 '파주시'의 후원으로 운영되는 국제 출판문화상이었다. 파주시장은 시상식에서 수상자들과 이야기를 나누며 PBA가 동아시아의 출판문화 발전에 커다란 역할을 하고 있음을 직접 확인했을 것이다.

만들고 싶습니다. 선생님의 의미 있는 책을 저희 출판사에서 낼 수 있게 되어 기쁩니다. 진심으로 감사드려요.

국제적으로 한·중·일의 관계가 어려운 국면에 처한 지금, 민간 차원의 교류가 한층 더 중요해진 것 같아요. 이런 점에서 선생님 말씀처럼 이 책이 양국 간 문화 교류의 증거가 되리라 믿어 의심치 않습니다.

선생님 책이 출간되는 10월 25일 이후 일본에 가려고 해요. 선생님께 직접 책을 전해드리고 싶기도 하고, 출판의 기쁨을 일본에 계신 선생님들, 출판 동료들과 함께 나누고 싶어서요.

또 연락드릴게요.

2012년 9월 26일

맑실 올림

(목걸이**** 색깔이 정말 마음에 들어요!!)

**** O·N이 K·M에게 선물한 유리 세공품. O·N의 친구인 한 젊은 아티스트가 만든 작품.

스무 번째 편지 – K·M이 O·N에게

오쓰카 선생님!

한국은 이제 아침저녁은 서늘하지만 낮은 아직 많이 덥습니다. 일교차가 큰 전형적인 가을 날씨가 이어지고 있어요. 제가 사는 강화도에는 논과 밭이 많아서 넓은 들판이 황금물결로 바뀌었답니다.

일요일인 어제는 가족과 들길을 걸으며 아름다운 가을을 만끽했지요.

저는 이번 달 25일(목)에 일본에 가서 27일(토)에 돌아올 생각이에요. 저희 회사 인문팀 편집자*는 일정 조정이 안 되어서 임경택 교수**와 함께 가기로 했어요. 어서 빨리 만나 뵙고 싶네요.

책의 부제를 '횃불에서 원자로까지, 경이로움과 두려움의 역사'라고 말씀드렸는데요. '역사'라고 하면 책의 내

---

* 진승우 씨를 이른다.
** 국립전북대학교 교수이자 문화인류학자로 한국문화인류학회 회장을 맡기도 했다. 도쿄대학에서 지바현 사하라의 상점에 관한 연구로 박사 학위를 취득한 만큼 일본어가 유창하다. EAPC 창립 멤버로 초기부터 통역과 자문 역할 등으로 많은 도움을 주고 있다.

용이 역사에 제한될 우려가 있다는 제 생각을 인문팀에 전했더니 그렇다면 '역사' 대신 '패러독스'는 어떻겠느냐고 인문팀에서 다시 제안을 해왔습니다. 역사라는 말보다는 패러독스 쪽이 내용의 풍부함을 잘 표현하고 있어 저는 좋은 것 같은데요.

2012년 10월 8일(?)
사랑하는 오라버니에게
맑실 올림

K·M 님

팩스 고맙습니다.

25일에 도쿄에 오신다니 어서 빨리 만나 뵙고 싶군요.

류사와 선생과는 전화로 의논을 했습니다만, 25일에 저와 아내가 K·M과 임경택 교수를 초대하고 싶습니다. 26일은 류사와 선생 쪽에서 타이완회의 등에 관하여 여러 가지 설명을 하고 싶답니다.

25일 도착 시간이 정해지면 알려주세요. 어쩌면 교도통신사에서 K·M을 인터뷰할지도 모르겠습니다(기자는 한국과 일본 간의 정치 상황이 악화되는 가운데서도 제 책의 한국어판이 출간되는 것을 몹시 좋게 평가하고 있습니다).

또 한국어판의 부제 말인데요. '역사'보다는 '패러독스'가 좋은 것 같습니다.

급한 대로 이렇게 답변만 보냅니다. 사랑하는 여동생이여!

2012년 10월 9일

O·N

오쓰카 선생님!

전화 드렸는데 연결이 안 되어 팩스를 보냅니다. 선생님 책의 디자인 작업이 시작되었어요. 그래서 책 제목을 확정해야 합니다. 인문팀의 의견은 다음과 같습니다.

제목: 호모 이그니스Homo Ignis, 불을 찾아서
부제: 횃불에서 원자로까지, 경이로움과 두려움의 패러독스

'불의 신화학'이라는 원제는 한국 독자에게는 학술적인 인상을 줄 우려가 있어서 좀 더 대중적 분위기의 제목이 좋으리라 생각했어요. 그래서 불을 의미하는 라틴어 '이그니스'를 사용하여 '호모 이그니스'라는 새로운 말을 만들어 보았습니다. 전체적으로는 독자에게 이 책이 불이라는 중요한 주제를 다루면서도 이해하기 쉬운 책이라는 인상을 주고 싶어서입니다.

선생님은 어떻게 생각하시는지요? 저는 수요일까지 휴가이지만 디자이너는 내일도 일을 합니다. 그러니 답은

저희 집 전화로 부탁드릴게요. [전화번호 생략]

　[팩스 문제로 마지막 몇 줄 누락]

2012년 10월 12일(?)

오쓰카 선생님!

덕분에 서울에 무사히 잘 돌아왔어요.

정말 생각지도 못했는데 자택에까지 초대해주셔서 감사합니다. 무엇보다 사모님을 만나 뵙게 되어서 몹시 기뻤어요. 사모님은 마음도, 몸도 아름다운 빼어난 미인이시더라고요. 그 연세로 보이지 않을 만큼 너무 젊으셔서 깜짝 놀랐습니다.

따뜻한 분위기의 가게에서 맛있고 특별한 요리를 맛보고 산뜻한 일본 술을 마시며 선생님, 그리고 사모님과 이야기를 나눈 시간 오랫동안 잊지 못할 거예요.

선생님의 귀중한 책을 사계절출판사에서 출간할 수 있게 해주셔서 다시 한번 깊이 감사드립니다.

또 뵐 날을 기다리고 있을게요.

항상 건강하시길.

2012년 11월 1일(?)

맑실 올림

(선물해주신 '우쓰로히うつろひ' 연작* 중 하나인 멋진 그림을 걸어둘 적당한 곳을 찾아보고 있습니다. *^^*)

K·M 님

팩스 고맙습니다.

일부러 도쿄까지 발걸음을 하셔서 『호모 이그니스, 불을 찾아서』를 주고 가시다니요. 진심으로 감사드립니다. 그 후 몇 번이나 책을 손에 들고 바라보았습니다. 그리고 "한국어판이 일본어 원서보다 잘 만들어졌다"는 결론을 얻었습니다. K·M의 깊은 배려와 조건형 팀장, 진승우 씨 두 분의 노력에 다시 한번 감사를 드립니다. 두 분에게도 부디 잘 전해주세요.

제본, 디자인 그리고 무엇보다 제대로 된 편집. 사계절출판사가 일하는 것을 잘 지켜보았습니다. 출판인인 제 입장에서는 경애하는 사계절출판사에서 제 보잘것없는 책의 한국어판이 간행되었다니 정말로 기쁘고 영광스럽습니다.

사흘쯤 전에는 타이완의 린짜이줴 선생이 제 책『이상적인 출판을 위하여』의 중국어 번체판*을 보내주셨습니

---

* 『출판 이상국을 꿈꾸며 - 나는 이와나미에서 40년을 일했다追求出版理想國 我在岩波書店的40年』라는 제목으로 2012년 10월에 타이완 연경출판사에서 출간되었다.

다. 이것도 『호모 이그니스』와 마찬가지로 훌륭하게 제작되었습니다. K·M, 린짜이쮀 선생을 비롯하여 EAPC 친구들의 우정에 가슴이 뜨거워집니다.

오래 살아서 다행이다. 정말로 이렇게 생각하는 요즘입니다.

강상중 선생의 책**은 예정대로 나왔습니까? 사장이 직접 뛰어들어 기획하고 실현하는 자리에 함께 있을 수 있었던 만큼 출판인으로서 K·M의 박력을 살짝 엿본 듯합니다. 사랑하는 여동생이 이렇듯 멋진 출판인이었다니 얼마나 기쁜지 모르겠어요.

다음에는 타이완***에서 만나겠군요.

아내가 잘 부탁드린다고 전해달라고 합니다('나이보다 젊어 보인다'는 K·M의 말에 매우 기뻐했습니다).

2012년 11월 2일

O·N

**   강상중, 송태욱 옮김, 『살아야 하는 이유』, 사계절출판사, 2012(원서는 슈에이샤集英社에서 2012년 6월에 출간된 『속 고민하는 힘続 悩む力』이다).

***   제14회 EAPC 타이완대회회의(2012년 12월 20~21일)를 이른다.

3장 _____ 우정은
국경을 넘어

스물다섯 번째 편지(2013년 3월 18일) ~
서른여덟 번째 편지(2015년 6월 24일)

오쓰카 선생님!

오랜만입니다. 잘 지내시지요? 새해 인사도 못 드렸네요. 올해 한국의 겨울은 몹시 추워서 마음까지 위축되는 듯했어요. 요 며칠 봄을 재촉하는 비가 온 뒤로는 다행히 따뜻해지고 있네요.

겨울 동안 동굴에서 겨울잠을 자던 곰이 기지개를 켜듯 저도 이제야 겨우 바깥을 돌아볼 마음의 문이 열린 기분입니다. 겨울잠을 자는 중이긴 했지만 규칙적으로 운동은 했기 때문에* 다행히 곰처럼 준비 운동을 따로 할 필요는 없어요. 하하.

오라버니도 별일 없이 잘 계시겠지요? 팩스를 쓰고 있자니 그리움이 더해집니다.

파주북어워드 일정 말인데요. 청두成都회의** 회기를 5월

---

* K·M의 운동 실력은 한국의 마라톤 대회는 물론 일본 도쿄 마라톤 대회에도 참가할 정도로 당시 규칙적인 트레이닝을 하고 있었다. 사계절출판사에서는 회사 뒤의 심학산을 달리면서 회의를 했다는 전설 같은 이야기가 전해진다고 한다.
** 중국 쓰촨성 청두에서 열린 제15회 EAPC 회의를 이른다.

15~19일로 연기하게 되었거든요. 그래서 PBA 최종 심사위원회 회의는 2주 뒤인 5월 30일(목)부터 6월 1일(토)까지 파주에서 열 생각인데 어떠신지요. 한국의 실행위원회에서는 이런 일정으로 생각하고 있고요, 중국에 계신 분들도 이 일정에 동의해주셨답니다.

또 연락드릴게요. 사모님께도 안부 전해주세요.

2013년 3월 18일

여동생 맑실

K·M 님

팩스 고맙습니다.

K·M 님의 일본어는 정말 훌륭하군요. 겨울잠을 자던 곰에 자신의 마음을 비유하여 멋지게 표현하셨어요.

파주북어워드 일정(5/30~6/1)에 관해서는 잘 알겠습니다. K·M을 비롯한 한국 분들을 만나 뵐 수 있어 기쁩니다.

PBA는 매우 중요한 프로젝트라고 생각합니다. 올해도 한국에서 충실한 내용의 책을 많이 제시해주시기 바랍니다. 기대할게요.

벚꽃이 피는 시기에 회의 일정이 잡혔다니 벌써부터 가슴이 뜁니다. 아내의 안부도 함께 전합니다.

2013년 3월 18일

사랑하는 여동생에게 O·N

오쓰카 선생님!

오랜만에 연락드립니다. 잘 지내시는지요?

벌레들이 연주하는 자연의 심포니가 들려오는 계절이 되었어요. 저녁부터 내리기 시작한 빗소리가 더해져 저도 모르게 약간 쓸쓸한 기분이 드는 날입니다. 제가 가을을 타는 건지도 모르겠네요. *^^* (한국에서는 여름을 탄다는 말은 잘 쓰지 않고 봄이나 가을을 탄다고 합니다. 봄, 가을에 마음이나 기분이 미묘하게 바뀌는 것을 '봄을 타다, 가을을 타다'라고 말합니다.)

선생님은 이 가을을 어떻게 지내고 계시는지요?

다음 주는 추석 연휴라 화요일부터 휴일이에요. 남편이 장남이라 친척과 가족들이 우리 집에 모여 함께 음식을 먹으며 즐겁게 보낼 생각입니다.

그다음 주말에는 드디어 선생님을 뵐 수 있겠네요. 기다려집니다.

9월 30일 오후 6시부터 파주북어워드 시상식이 있는데요, 선생님께 시상식 축사를 부탁드리고 싶습니다. 축사 승낙해주시면 감사하겠습니다.

그러면 안동*에서 뵐게요.

사모님께도 안부 전해주세요.

2013년 9월 16일

여동생 맑실 올림

스물여덟 번째 편지 – O·N이 K·M에게

K·M 님

팩스 고맙습니다. 추석에 가족 모임을 하시는군요. 아주 활기차고 즐거운 시간일 것 같네요(음식 준비는 무척 힘든 일이 되겠지만요).

파주북어워드 시상식 축사는 기꺼이 맡겠습니다. 축사는 수상자 여러분에 대한 PBA의 축사(저도 PBA의 대표위원 중 한 사람이니까요)라고 생각하면 되겠지요?

한낮의 더위는 여전하지만 밤이 되면 벌레 소리로 떠들썩합니다(오늘은 태풍 18호의 영향으로 난리가 났습니다만).

가을이 오는 것이 눈에는 선명하게 보이지 않아도
바람 소리에 깜짝 놀라는구나

이런 시가 있듯이 초가을은 괜스레 슬픈 계절입니다. 특히 인생의 가을에 들어선 노인에게는 지난 일을 이렇게 저렇게 떠올리게 하는 특별한 때이기도 하고요.

안동이라는 멋진 장소*에서 만날 것을 기대하고 있습

니다. 사랑하는 여동생이여!

2013년 9월 16일

O·N

*   O·N은 10년 전 개인적으로 한국을 여행한 적이 있는데 그때 안동을 방
     문했다. 특히 안동 시내에서 버스로 한 시간 반 정도 산속으로 들어간
     곳에 위치한 도산서원은 O·N이 한국에서 가장 좋아하는 고즈넉한 장
     소이다. 2005년에 처음으로 한길사 김언호 대표를 만났을 때 도산서원
     에서 감동받은 이야기를 하자 김 대표는 회의가 끝난 뒤 『도산서원』(이
     우성 엮음, 한길사, 2001)이라는 멋진 책을 보내주었다.

K·M 님

'축사' 원고(첨부)를 보내드립니다. 이런 내용으로 해도 괜찮을까요? 부족한 부분이 있으면 염려하지 마시고 꼭 말씀해주세요.

확인하고 싶은 것이 하나 있는데요. 파주시와 문체부의 지원에 관한 부분 등을 확인해주시길 부탁드립니다. 고쳐야 할 곳이 있다면 정정 부탁드립니다.

이 원고를 쓰면서 새삼스럽게 PBA의 중요성을 알게되었습니다. 다시 한번 K·M, 김언호 대표를 비롯한 한국의 여러 분들에게 감사의 말씀 드립니다.

2013년 9월 24일

O·N

축사

제2회 파주북어워드 수상자 여러분.

PBA 대표위원 중 한 사람인 저는 이 상의 모든 관계자를 대표하여 수상자 여러분에게 깊은 경의를 표하며, 동시에 진심으로 축하한다는 말씀을 드립니다.

　PBA는 세계 유일의 출판도시인 파주시가 중심이 되어 조직, 운영하는 정말로 독특한 상입니다.

　시장님을 비롯한 파주시의 많은 분들이 파주북어워드의 수상자를 저 멀리 동아시아 전역에서 찾겠다는 지혜로운 판단을 내리셨습니다. 따라서 후보 추천과 심사 모두 동아시아 여러 지역의 사람들이 함께 논의하는 형태로 진행되었습니다.

　이 상에는 한국은 물론 중국, 타이완, 홍콩, 일본의 추천위원을 통해 후보가 된 책과 저자, 디자이너, 단체 등이 노미네이트됩니다. 이 후보들에 관해서도 역시 동아시아 각 지역의 심사위원이 한자리에 모여 앉아 논의를 하고 수상자를 좁혀갑니다.

　그 결과 제1회 PBA에서 훌륭한 저자, 기획자, 디자이너, 출판사가 선정되었습니다. 심사 결과 이번에도 제1회 파주북어워드에 뒤지지 않는 훌륭한 저자, 기획자, 디자이너, 단체가 선정되었습니다.*

　저는 다음의 세 가지 관점에서 다른 예를 찾기 힘든 PBA만의 독특한 특색을 들어보려 합니다.

　먼저 동아시아에서 출판 활동이 얼마나 활발한지, 또

그 질이 얼마나 높은지를 재확인할 수 있는 절호의 기회이며, 그 결과 당대에 가장 뛰어난 저자, 출판사, 디자이너, 출판 관련 단체가 수상자로 선정되었다는 점.

둘째는 추천과 심사의 모든 과정을 거치는 동안 동아시아 여러 지역의 출판인이 책의 본질에 관해 흉금을 열고 의논하여 의견을 모아갔다는 점(저 자신도 그 과정이 얼마나 즐거웠는지 말로 다 표현할 수 없을 정도입니다).

셋째는 위의 작업을 진행하는 가운데 이 상과 관련한 모든 사람 사이에 깊은 신뢰와 뜨거운 우정이 생겼다는 점입니다.

이런 관점에서 PBA가 얼마나 뜻깊은 의의를 갖는지 아시리라 믿습니다.

특히 정치적으로 동아시아 여러 나라 사이에 커다란 곤란과 긴장이 가로놓인 지금, 출판을 통해 각국의 교류와

* 제2회 PBA(2013) 수상자는 다음과 같다.
 1. 저작상: 와다 하루키和田春樹, 『러일전쟁의 기원과 개전』(상·하), 이와나미쇼텐, 2009~2010(일본)
 2. 기획상: 김문식·박정혜·김세우, 『돌베개 왕실문화총서』, 돌베개, 2013(한국)
 3. 출판미술상: 류샤오상劉曉翔(중국)
 4. 특별상: 책읽는사회문화재단의 '책읽는사회만들기국민운동'(한국)

신뢰 관계를 구축해나가는 PBA의 존재 의의는 아무리 강조해도 넘치지 않을 터입니다.

이런 의미에서 제가 이 상에 관여할 수 있었던 것을 다행으로 생각하고, 동시에 자랑으로 여길 따름입니다. 그리고 파주시를 비롯하여 이 상을 설립한 한국의 여러 분들, 아낌없이 지원해준 한국의 문화체육관광부에도 경의와 감사의 마음을 전하고 싶습니다.

마지막으로 다시 한번 수상자 여러분께 충심으로 축하의 말씀을 드립니다. 축하합니다.

오쓰카 선생님!

한국은 12월부터 매서운 추위가 시작되었어요. 파주는 오늘도 기온이 영하 10도까지 내려갔답니다. 한국의 정치와 경제, 노동 문제뿐만 아니라 출판계 사정도 얼어붙은 겨울처럼 점점 어려워지고 있습니다.

눈 깜짝할 사이에 연말이 되었네요. 올해는 개인적으로도 많은 일이 있었어요. 즐거운 일보다 힘든 일이 많은 한 해였지만 동아시아출판인회의 멤버들이 계신 덕분에 마음을 굳게 먹고 견딜 수 있었습니다. 그 가운데서도 선생님은 사업적인 면에서든 개인적인 면에서든 항상 큰 힘이 되어주셔서 진심으로 감사드려요.

선생님의 귀중한 저서『얼굴을 생각하다』*는 받고 나서 재미있게 읽고 있습니다. 보내주셔서 고맙습니다.

새해에도 수많은 멋진 일들이 선생님을 기다리고 있기를 기원합니다.

---

*   O·N의 책『얼굴을 생각하다 – 생명형태학에서 예술까지』(슈에이샤, 2013)를 이른다.

항상 건강하시길 바랍니다.

2013년 12월 27일

여동생 맑실 올림

서른한 번째 편지 – O·N이 K·M에게

K·M 님

연말이 가까워진 오늘, 전화로 밝은 목소리를 들려주고 팩스까지 보내주어 고맙습니다. 저녁으로 오뎅을 후후 불며 먹던 중이었는데, 마음이 한층 더 따뜻해졌습니다.

추운 것은 날씨만이 아니네요. 특히 일본의 정치 상황은 정말로 차갑게 얼어붙어 있습니다. 오늘도 오키나와에서는 현민의 의사를 무시한 현지사의 결정이 내려졌습니다.* 이 역시 아베 정권이 돈과 힘으로 압박한 결과입니다. 어제 야스쿠니 신사를 참배한 것도 그렇고, 정치적 리더의 무신경함에 화가 나 어쩔 줄을 모르겠어요.

이런 일도 있고 해서 저는 요즘 친한 정치학자 마쓰시타 게이이치松下圭一 선생의 작업을 정리해보려고 노력하는 중입니다. 마쓰시타 선생은 우리가 선정한 '동아시아 100권의 책'**에 포함된 책(『도시 정책을 생각하다』, 제가 1971년에 만든 책입니다)의 저자이기도 하고, 일본 사회에 처음으

---

* 나카이마 히로카즈仲井眞弘多 오키나와 현지사가 미군의 후텐마 비행장을 나고시 헤노코로 이전하기 위해 국가가 제출한 연안 매립 신청을 승인한 일을 가리킨다.

로 리버럴한 민주주의를 정착시킨 인물입니다. 시빌 미니멈civil minimum(시민 생활의 최저 기준—옮긴이), 지역민주주의, 자치체 개혁 등의 말은 전부 그의 발상에서 나온 것입니다. 마쓰시타 선생은 국가가 아닌, 시민을 위한 헌법 이론을 주장한 『시민 자치의 헌법 이론』(이것도 제가 1975년에 만든 신서입니다)으로도 잘 알려져 있습니다. 특정비밀보호법이라는 위험한 법률이 강행 체결된 지금이야말로 정말로 시민을 위한 헌법을 만들어내야 한다고 느꼈습니다.

　　이런 이유로 노인인 저도 나름대로 노력을 하고 있습니다. 하지만 가장 중요한 것은 사람과 사람의 교류입니다. 연말에 K·M의 전화를 받은 것이 제게 얼마나 기쁜 일이었는지 말로는 이루 다 표현할 수 없을 정도입니다.

　　가족들과 함께 좋은 새해를 맞이하시기 바랍니다. 그리고 새로운 해가 올해보다 조금이라도 밝은 해가 되기를.

2013년 12월 27일

O·N

** 　　첫 번째 편지 세 번째 주석 참조.

K·M 님

전화 고맙습니다. 잘 지내시는 듯하여 저도 명랑한 기분이 되었습니다. 또 제 책『얼굴을 생각하다』를 전부 읽으셨다니 정말 감격했습니다.

지난해 연말의 편지에서 언급했던 마쓰시타 게이이치의 책은 조금씩 써나가는 중입니다. 제목은 편집자와 논의 중인데『싸우는 정치학자 – 마쓰시타 게이이치의 사상과 행동』이 될 것 같습니다.『아사히신문』이 운영하는『WEBRONZA』라는 웹진에 연재하게 될 듯합니다.

저 같은 노인에게 이런 책을 쓰게 하는 일본의 현 정권은 정말 문제라고 생각합니다.

그래도 K·M을 비롯한 한국 친구들의 얼굴을 떠올리면 용기가 솟아납니다.

여러분에게 지지 않도록 열심히 노력하겠습니다.

또 만날 날까지!

2014년 2월 3일

O·N

(어제 꺾어 꽃병에 꽂아둔 늙은 매화나무 꽃이 멋진 향기를 떨치고 있습니다.)

그리운 오쓰카 선생님!!

저는 지금 회사 3층에 홀로 남아 글을 쓰고 있습니다.

오랜만에 선생님과 전화로 여유 있게 이야기를 나눌 수 있어서 기뻤어요.

한국의 설날은 일본의 오봉과 마찬가지로 큰 명절이에요. 지난주 목요일부터 주말까지 연휴였답니다. 일부 사원들은 '유급 휴가'를 이용하여 10일 이상 쉬기도 하고요.

선생님은 그 유명한 정치학자 마쓰시타 게이이치에 관한 책을 쓰고 계시는군요. 현재 일본의 어려운 정치 상황에서 이 책이 가지는 의의는 클 거라고 생각합니다. 『아사히신문』의 웹진에 글이 실리면 인터넷으로 찾아서 꼭 읽어 볼게요.

현재 일본과 한국은 교묘한 독재 정권이라 하겠습니다. 한국의 정치도 점점 심각해지고 있는데요. 한국에서도 야당이 아무런 역할을 하지 못하고 있답니다. 반격할 수 있는 기회를 전부 놓치고 아무것도 얻지 못하고 아무것도 변화시키지 않고 있어요. 그래서 시민의 힘을 믿는 수밖에 없습니다. 시민의 연대가 마지막 희망인 이유입니다.

매년 그렇듯이 1월에는 각 팀과 한 해의 계획을 세우고, 그 계획을 실행할 방법을 의논했습니다. 판로 개척을 위한 획기적 방법을 연구하고 새로운 기획 방향을 모색했지요.

1년의 전략을 세우고 그것을 실행할 전술을 어느 정도 세워보았습니다. 1년 동안 해야 할 작업의 씨를 뿌리기 위해 밭을 조금 갈아둔 셈이지요. 거기에 좋은 씨를 뿌리고 풍성한 열매를 잘 거두어야 하겠지요.

댁의 거실에 핀 꽃향기가 제 방에도 가득 맴도는 듯합니다.

사모님께도 안부 전해주세요. 몸 건강하시고요.

2014년 2월 4일

여동생 맑실

서른네 번째 편지 – K·M이 O·N에게

오쓰카 선생님!

오랫동안 연락을 못 드렸습니다.

지난해 10월 15일 카페 에무EMU(철학자 에라스무스 Erasmus의 약자)*가 문을 열었어요. 그 바람에 저는 더욱 바빠졌지요. 1월은 출판사가 한 해 동안 할 작업의 씨를 뿌리고 계획을 세우는 달이기 때문에 좀 더 바쁘기도 했고요.

2월 19일이 한국의 설이랍니다. 새해 복 많이 받으세요. 새해에도 선생님께 즐거운 일이 가득하기를 기원합니다.

올해는 푸른 양의 해라고 합니다. 절벽을 자유롭게 오르내리는 푸른 야생의 양처럼 저희 회사도 어려운 출판 환경에서 시행착오를 두려워하지 않고, 절벽 같은 상황일망정 길을 찾아나가려고 합니다.

건강은 어떠신지요? 항상 청년 같은 선생님의 모습이

---

*　카페 에무는 복합문화공간 에무(사계절출판사 창업자이자 K·M의 부군인 김영종 선생과 아들 김상민 씨가 경영하고 있다) 1층에 있었는데, 그 후 지중해 요리 전문점 '토르뚜가(스페인어로 '거북이')'로 변신했다. EAPC 멤버들은 서울 경희궁 근처에 있는 이 식당에서 자주 식사 대접을 받았다. 지금은 다시 사계절출판사의 책만을 전시하고 판매하는 북카페 에무로 바뀌었다.

눈앞에 떠오릅니다.

사모님께서도 변함없이 멋지고 안녕하시지요?

지난해에 보내주신 선생님의 귀한 책『마쓰시타 게이이치, 일본을 바꾸다』**는 받자마자 바로 훑어보았습니다. 아직 찬찬히 읽어보지는 못했어요. 임경택 교수가 번역하여 한길사에서 한국어판을 출간할 예정이라고 하니 기쁩니다(선생님의 끊임없는 저작 활동, 존경스럽습니다).

도쿄회의***가 4월 1일부터 열린다고 하니 뵐 수 있겠네요. 몹시 기다려집니다.

파주북어워드 최종 선정회의는 5월 22일(금)에 하려고 합니다.

부디 건강하시길 바라면서…….

2015년 2월 10일

맑실 올림

** O·N의 책『마쓰시타 게이이치, 일본을 바꾸다 – 시민자치와 분권의 사상』(트랜스뷰, 2014)을 가리킨다.
*** 제18회 EAPC 도쿄회의를 이른다.

K·M 님

팩스 고맙습니다. 그리고 새해 복 많이 받으세요. 푸른 양의 해가 K·M과 가족들 그리고 사계절출판사가 더욱 비약하는 한 해가 되기를 기원하겠습니다.

카페 에무의 일도 더해져 지난해에는 정말 힘들고 바쁜 날을 보내셨을 것 같네요. 하지만 한국 사회에서 매우 중요한 사계절출판사의 리더 K·M이 이런 어려운 시절에 그야말로 시대를 타개하는 기획을 많이 해주시기를 진심으로 바라고 있습니다. 그러니 일과 휴식, 그리고 가끔 제게 팩스를 써주시는 일이 정말로 중요한 것 아닐까요? 하하.

마쓰시타 게이이치의 『도시 정책을 생각하다』와 제 책 『마쓰시타 게이이치, 일본을 바꾸다』를 임경택 교수가 열심히 번역해주고 있습니다. 또 사월의책 안희곤 대표 쪽에서 출간하는 우자와 히로후미 宇沢弘文의 『자동차의 사회적 비용』(동아시아 100권의 책)도 임경택 교수가 번역을 맡아주기로 했습니다. 안희곤 대표가 『자동차의 사회적 비용』의 해설문을 부탁해서 25장 분량의 원고를 썼습니다. 책이 나오면 꼭 읽어봐 주세요.

저는 한국 분들과의 관계가 한층 더 깊어졌다는 것이 무엇보다 기쁩니다. 한국 출판인들의 강한 의지에 진심으로 경의를 표합니다.

시절은 더욱 수렁 속으로 빠져드는 듯합니다만, 그런만큼 우리의 우정과 연대는 무엇과도 바꿀 수 없음을 더욱 강하게 확신합니다.

올 한 해 K·M의 건강과 활약을 기원합니다. 4월 회의에서 만날 수 있기를 바랍니다.

그러면 그때까지 안녕히 계시길!

2015년 2월 11일
사랑하는 여동생에게 O·N

K·M 님

활기차게 활동하고 계시리라 생각합니다.

오늘은 부탁이 있어서 팩스를 드렸습니다. 『조선일보』 에 제 인터뷰 기사가 실렸을 거예요. 우리 회의에 관한 언 급도 있습니다. 인터뷰한 기자가 기사 내용에 관해 영어로 설명을 해주어서 일단 문제는 없다고 판단했습니다.

부탁이 있습니다. 가능하다면 이 기사를 읽어보시고 혹시 문제가 있다면 제게 알려주시겠어요?

부디 잘 부탁드리겠습니다.

2015년 6월 22일

O·N

추신. 5월 회의는 여러 가지로 재미있었습니다. 카페 에무에 서 또 만날 수 있기를 바랍니다.

O·N

이 팩스는 추신 부분을 빼고는 O·N이 K·M을 비롯하여 4~5명의 EAPC 한국인 동료에게 같은 문구로 보낸 것이다. 한일 수교 50주년을 맞이하여『조선일보』는 한국인 외교관과 일본인인 나의 인터뷰 기사를 게재했다(2015년 6월 22일). 인터뷰는 2015년 6월 2일에 우리 집에서 이루어졌다.『조선일보』도쿄 특파원 김수혜 기자가 진행했으며 통역자로 도쿄대학 공학부 박사과정에 재학 중인, 일본어를 잘하는 한국인 남성이 함께 왔다. 김수혜 기자가 일본에 관하여 많이 공부한 듯하여 감동했다. 인터뷰 전문을 여기 싣는다.[*]

"한국이 과거사를 잊어도, 일본은 잊으면 안 돼"

[韓·日 수교 50년] 오쓰카 노부카즈 前 이와나미문고 사장

지금 아베 정부가 가는 길, 끌릴 수 있지만 극히 위험

"메이지 유신 이래 150년 가까이 일본은 '서양을 따라잡고

---

[*] 외래어 표기는 기사 원문을 따랐다.

뛰어넘자'는 슬로건을 따랐다. 그 결과 한때는 세계 2위 경제 대국이 됐다. 아베 정권은 지금도 그 프레임을 반복한다. 그 프레임 때문에 주변국에 얼마나 큰 피해를 줬는지는 돌아보지 않는다. 문제는 일본 국민 50퍼센트 이상이 그걸 지지한다는 점이다."

오쓰카 노부카즈(大塚信一·76) 전 이와나미문고 사장이 그렇게 말했다. 그는 1963~2003년 이와나미문고에 몸담았다. 이와나미문고는 일본 지성사의 한 축을 이루는 회사다. 퇴임 후 뜻을 같이하는 한·중·일 출판인들과 '동아시아출판인회의'를 만들어 아시아 공통의 고전 100권을 골라 세 나라 말로 차례차례 펴내고 있다. 김구의 『백범일지』도 그중 하나다.

– 지금에 와서 일본이 설마 또 군국주의를 추구할까.

"'군국주의'라고 말로는 하지 않는다. 그러나 상당히 가까운 선택지다. 과거 일본은 서양과 똑같은 방식으로 대국이 되려 했다. 일본 근대화의 기본 요소는 식민주의와 군국주의였다. 젊은 세대는 이런 인식이 뚜렷하지 않다. 그런 상태에서 아베 정권이 '일본이 국제사회에서 다시 한번 커다란 세력을 가져야 한다'고 하니, 거기에 끌린다."

– 아베 총리는 일본이 전후 평화주의를 실천했다고 강조하는데.

"일본이 직접 전쟁을 벌이진 않았지만, 6·25와 베트남전쟁으로 일본 경제가 윤택해졌다. 한 면만 봐선 안 된다. 가령 시바 료타로가 『언덕 위의 구름』이라는 소설을 썼다. 메이지 시대의 청춘들이 국가를 위해 분투하는 얘기다. 가파른 언덕 위에 구름이 있고 그 아래 넓은 세상이 있다. 일본인의 근면이 강국을 이룬다는 메시지다. 재미있지만 위험하다. 소설은 언덕에서 끝나도 역사는 거기서 끝나지 않았기 때문이다."

– 한편으론 한국은 왜 점점 더 분노하는가 자문自問하게 된다.

"2009년 중국에서 동아시아출판인회의가 열렸다. 동행한 한국 기자에게 '한국·중국·대만에 대한 속죄 의식이 이 모임의 기본'이라고 설명했다. 이튿날 그 기자가 찾아와 '고맙다. 하지만 이미 수십 년이 지났으니 사과하지 않으셔도 된다'고 했다. '저야말로 감사하지만, 문제는 역시 저희 쪽에 있었다. 한국이 과거사를 잊어도 일본은 잊으면 안 된다'고 답했다."

(도쿄=김수혜 특파원)

오쓰카 선생님!

선생님의 팩스를 받고 바로 『조선일보』 인터뷰를 읽어 보았습니다. 제가 늘 존경하는 오라버니가 한일 관계에 대해 명확하게 말씀해주셔서 어찌나 속이 후련하던지요.

동아시아출판인회의에 관한 부분은 전혀 문제가 없던데요. 오히려 한일 수교 50주년을 맞아 이루어진 인터뷰에 우리 회의가 짧게나마 소개가 되어 반가웠답니다. 무엇보다 한국의 신문에 선생님의 사진과 기사가 실린 것을 보면서 선생님의 영향력을 실감했어요.

한국의 대통령과 일본의 총리대신이 한일 수교 50주년을 맞이해 양국의 행사에 각기 참가했지만 두 사람 다 과거의 역사에 관해서는 한마디도 발언하지 않았다고 하더군요. 안타까울 뿐입니다.

지난번 회의가 끝나고, 제가 먼저 인사 편지를 드렸어야 하는데 미안합니다.

5월의 PBA 회의에서 한국 책이 세 권이나 선정되는 바람에* 사실 저는 여러 가지 면에서 마음이 불편했어요.

하지만 카페 에무에서 선생님과 함께한 만찬과 다음

날 돌베개에서 한 인터뷰**는 정말 재미있고 인상적이었습니다. 오후 인터뷰를 끝까지 듣지 못해서 아쉬웠는데, 다행히 삼부이치三分一 씨***가 보내준 동영상 CD가 어제 도착해서 얼마나 기뻤는지 모른답니다.

부디 건강하시길…….

2015년 6월 23일

여동생 맑실 올림

---

*   제4회 PBA(2015) 수상자는 다음과 같다.
      1. 저작상: 미야모토 겐이치宮本憲一, 『전후 일본 공해사론』, 이와나미쇼텐, 2014(일본); 김학재, 『판문점 체제의 기원』, 후마니타스, 2015(한국)
      2. 기획상: 학담, 『학담평석 아함경』(전12권), 한길사, 2014(한국)
      3. 출판미술상: 출판사 수류산방(한국)
      4. 특별상: 삼련·하버드연경학술총서(중국)
**   한철희 돌베개 대표가 세 번에 걸쳐 O·N을 긴 시간 인터뷰했는데 그 가운데 하나를 언급한 것으로 돌베개 사옥에서 진행했다. 당시 운영하던 EAPC 블로그에 올리기 위한 것이었다.
*** 당시 EAPC에 참가한 삼부이치 노부유키三分一信之(정보공학 전문가)를 말한다.

서른여덟 번째 편지 – O·N이 K·M에게

K·M 님

어제는 바로 팩스를 보내주셔서 고맙습니다. 『조선일보』의 기자는 진지하고 뛰어난 사람이었으나 제가 한국말을 하지 못하니 걱정이 됐습니다. 하지만 여동생이 "걱정마세요, 괜찮아요"라고 바로 알려주어서 안심했습니다.

K·M의 말처럼 한일 양국의 수뇌들이 갑자기 가까워지거나 멀어지면 정치적 관계는 안정되지 않습니다. 하지만 우리 시민들의 우정은 변하지 않아요. 이것을 더욱 널리 알릴 필요가 있다고 생각합니다.

아베 정권의 폭주를 멈추고 싶어서 『마쓰시타 게이이치, 일본을 바꾸다』에 이어서 『우자와 히로후미의 메시지 – 실로 풍요로운 사회를 위하여』[*]라는 책을 썼습니다. 오치아이落合[**] 씨가 우자와 씨의 1주기에 맞춰 9월에 슈

---

[*] O·N이 쓴 『우자와 히로후미의 메시지』(슈에이샤신서, 2015)를 말한다. 이 편지에 적었던 부제는 마지막에 뺐다.

[**] 위의 신서를 편집한 오치아이 가쓰히토落合勝人를 말한다. 그는 서른 번째 편지에 나오는 O·N의 『얼굴을 생각하다』의 편집자이자, 스물네 번째 편지에 나오는 강상중 선생의 신서 편집자이기도 하다. 오치아이는 EAPC의 멤버이며 PBA에서도 추천위원으로 일하고 있다.

에이샤신서로 내주기로 했습니다. 지금 슈에이샤신서는 이와나미신서와 함께 반反아베 운동 책을 계속해서 출판하고 있습니다. 이런 의미에서 오치아이 씨는 정말로 신뢰할 수 있는 편집자입니다.

이제 와서야 마쓰시타·우자와 두 사람이 40년 전에 한 일이 의미를 가지게 되는 것이니 새삼스럽긴 하지만 역시 출판 사업은 대단하다고 여겨집니다.

K·M이 하는 일이 더욱 발전하기를 바랍니다. 또 만날 날을 즐거이 기다리며.

사랑하는 여동생이여!

2015년 6월 24일

O·N

추신. 이 팩스에 대한 답장은 물론 필요 없습니다. 부담 갖지 마세요.

O·N

이 뒤로 우리의 통신은 2018년 2월까지 끊어졌다. 이유는 주로 K·M이 원래도 바쁜 출판사 대표 역할에 더하여 한국 출판계의 주요 단체 가운데 하나인 한국출판인회의 회장에 취임했기 때문이다. 이에 관해서 본인이 쓴 글이 뒤에 나온다.

그러나 그동안에도 K·M은 EAPC에 매번 출석하여 PBA 책임자 역할을 완벽하게 해냈다. 따라서 '남매 통신'은 일시 중단되었지만 K·M과 O·N은 매년 네 번씩은 확실히 얼굴을 마주했다. EAPC와 PBA 두 조직이 당시에 한 활동을 써보면 다음과 같다.

EAPC

제19회 타이완회의(2015년 11월 11~12일)

제20회 홍콩회의(2016년 4월 19~20일)

제21회 오키나와회의(2016년 11월 14~15일)

제22회 서울회의(2017년 5월 25~26일)

제23회 중국 우전烏鎭회의(2017년 9월 21~22일)

PBA

K·M

2015년 6월부터 2018년 2월까지 통신이 없었음을 이번에 처음 알게 되었다. 돌이켜 보니 그 기간에 나는 무척이나 바빴다.

출판사 대표직만으로도 힘겨웠던 내가 '또르뚜가'라는 지중해 레스토랑 창업을 준비하고 창업 이후 운영에까지 직접 관여하면서 여러 가지로 신경을 써야 했다. 또 얼마 후 이곳을 복합문화공간(지하 2층 갤러리, 지하 1층 공연장, 2층과 3층 예술 전문 영화관, 루프탑 공연장)이라는 특성에 걸맞게 사계절출판사의 책들을 진열하는 북카페로 바꾸면서 이와 관련한 기획과 실행에 정신이 없었던 것 같다.

그런 가운데 2017년 2월에는 한국의 단행본 출판사들이 모여 만든 사단법인 한국출판인회의 회장에 선임되어 더욱 바빠졌다. 정말 치열하게 살았고, 개인적인 일을 돌볼 여유 없이 살았던 시기다.

하지만 EAPC, PBA 심사위원회와 시상식 등을 포함하여 1년에 서너 번은 오쓰카 선생님을 만났고 그때마다 많은 이야기를 나누었다.

그 시기에는 선생님께 종종 전화를 걸어 이야기를 나누었다. 편지 왕래는 없었지만 선생님과의 우정은 여느 때보다 두터웠던 시기였다고 생각한다.

4장 _____ 서프라이즈의
밤

서른아홉 번째 편지(2018년 2월 15일) ~
마흔아홉 번째 편지(2020년 1월 8일)

K·M 님

참으로 오랜만이군요. 힘차게 활동하고 계시지요? 4월에는 EAPC 타이완 타이난臺南회의에서 뵙겠군요. 기대하고 있습니다.

오늘 팩스를 드린 것은 다름이 아니라 이와나미쇼텐의 현 사장인 오카모토 아쓰시岡本厚의 부탁을 받아서입니다. 최근 『이와나미쇼텐 100년』이 드디어 간행되었습니다. 한국 출판인 여러분께도 꼭 보여드리고 싶다고 K·M이 회장으로 있는 출판협회에 한 부 보내고 싶다고 합니다.

괜찮으시다면 출판협회의 정식 명칭, K·M의 정식 직함, 협회 주소를 팩스로 알려주실 수 있을까요? 송구스럽지만 명칭·직함·주소는 영어나 한자로 표기해주시면 고맙겠습니다.

번거롭게 해서 미안하지만 한일 출판계의 우호에 일조하는 일이라 생각되니 잘 부탁드립니다.

2018년 2월 15일

O·N

오쓰카 선생님

여동생인 제가 먼저 새해 인사를 올렸어야 하는데요. 이렇게 오라버니의 편지를 받으니 무척 기쁘면서도 한편으로는 미안한 마음이 듭니다.

4월에 타이완에서 만나 뵐 것을 생각하면 벌써부터 가슴이 두근거립니다.

저는 여러 가지 일로 바쁘지만 즐거운 기분으로 잘 지내고 있어요. 지중해 레스토랑을 사계절출판사 북카페로 바꿔 1월 15일에 문을 열었어요. 카페가 사계절출판사의 책으로 가득 채워져서 얼마나 기쁜지요. 독자들과 만나는 자리를 여러 형태로 만들어내기 위해 기획을 하고 실행에 옮기고 있어요.

『이와나미쇼텐 100년』 출간 축하드려요. 그 책을 한국 출판인들에게 보내주신다니 얼마나 감사한지 모르겠어요. 보내주시면 한국의 주요 출판인들과 함께 읽을 생각입니다.

제가 회장으로 있는 단체의 정식 명칭은 '한국출판인회의'입니다. 제 정식 직함은 '한국출판인회의 회장 강맑실'입니다. [주소 등은 생략]

책을 받으면 저도 바로『한국생활사박물관』영문판 등 책 몇 권을 골라 감사의 편지와 함께 보내겠습니다.

　　한국은 한 달 정도 몹시 추웠으나 최근에는 강추위가 좀 풀려가는 듯합니다. 일본은 호쿠리쿠 지방에 눈이 많이 와서 큰일이라고 들었습니다.

　　부디 건강하시고 즐겁게 지내시길 바랍니다.

2018년 2월 15일

서울에서, 여동생 맑실

K·M 님

오늘 이와나미쇼텐의 오카모토 사장과 이야기를 나누었습니다. K·M이 보내준 『이와나미쇼텐 100년』에 대한 감사 편지와 아름다운 책에 감사드린다고 합니다. 감사 편지가 너무나 훌륭한 일본어로 쓰여 있어서 경탄했다고 하네요.

K·M의 일본어가 한일 출판계의 우호를 돈독히 하는데 큰 역할을 하고 있다는 것이 제 일처럼 기쁩니다.

바쁜 가운데 최선의 배려를 해주셔서 정말 고맙습니다. 다음 달 타이난에서 뵙겠습니다. 그날을 기다립니다.

2018년 3월 26일
사랑하는 여동생에게, O·N

오쓰카 선생님!

서울은 비가 내린 후에 단풍이 한층 더 진하게 물들었습니다. 아름다운 가을이 금방 지나가고 추운 겨울이 바로 시작된 듯해요.

허리는 어떠세요?* 이번 회의에 오쓰카 선생님이 계시지 않아 내내 빈자리가 느껴져 쓸쓸했습니다. 중국의 둥 선생님**까지 불참하셔서 아쉬웠지만 다행히 젊은 편집자들이 참가해주었기에 회의 자체는 활발하게 진행되었습니다.

저는 지난주에 행사 서너 개가 겹치는 바람에 결국 EAPC 투어에는 참가하지 못하고 회의에만 겨우 들어갔어요. 참석하신 분들께 여러모로 미안한 마음이 큽니다.

같은 기간에 한국출판인회의가 '책의 해'를 맞이해 개최한 국제 심포지엄이 있었거든요. 독자를 대상으로 한 여러 행사가 광화문에서 대대적으로 이루어졌습니다. 토요

---

*   O·N이 허리를 삐어서 제25회 EAPC 한국 부천회의에 참석하지 못한 일을 말한다.
**   앞에 나왔던 중국의 둥슈위 여사.

일에는 선생님도 예전에 오신 적이 있는 '홍명희문학제' ***

벽초 홍명희(1888~1968) 선생은 1888년 7월 2일, 충청북도 괴산에서 태어났다. 아버지 홍범식은 금산군수로 경술국치 당시에 자결한 순국열사였다. 홍명희 선생은 유년 시절 향리에서 한자를 배운 후, 서울중학교에서 공부하고 그 뒤 도쿄에 유학을 가서 다이세이(大成)중학교를 졸업했다. 육당 최남선, 춘원 이광수와 함께 조선의 3대 천재라 불린다.

홍명희 선생은 3·1운동 당시 괴산에서 만세운동을 주도하여 투옥된다. 『동아일보』, 『시대일보』 등의 신문사 편집국장과 오산학교 교장 등을 역임했다. 민족통일전선 신간회의 실질적인 지도자로서 활동했으며 1928년부터 1940년까지 『조선일보』와 『조광』에 한국 장편 역사소설의 최고봉 『임꺽정』을 연재하여 작가로서 확고한 명성을 얻었다.

1947년 민주독립당 당수, 민족자주연맹 정치위원장으로서 단독 정부 수립에 반대하여 통일 정부 수립 운동을 추진했으나 1948년 4월 남북 연석회의에 참가하기 위해 평양으로 갔다가 북한에 남았다. 북한에서 부주석, 최고인민회의상임위원회 부위원장 등을 맡았으며 1968년에 사망했다.

홍명희 선생이 북한에서 부주석까지 지냈다는 이유로 소설 『임꺽정』의 출간이 금지된 독재 정권 시절 사계절출판사는 『임꺽정』(전9권)을 출간했다(1985). 이 때문에 당시 사계절출판사 대표였던 김영종은 교도소에 가는 등 고초를 겪었다. 사계절출판사는 학술 발표, 강연, 토론 등이 포함된 '벽초홍명희문학제'를 1996년에 시작하여 지금까지 매년 개최하고 있다.

남북 분단이라는 상황 때문에 『임꺽정』의 출간과 관련하여 남북이 서로 저작권 계약을 합법적으로 맺지 못하다가 마침내 2005년 5월 K·M은 남쪽에서 직접 차를 운전하여 판문점을 통과, 개성에서 저작권자인 홍석중(소설가, 홍명희 선생의 손자) 선생과 만났다. K·M은 출판사 대표로서 저작권자에게 20년간의 저작권 사용료를 지급하고, 다음 해인 2006년에는 같은 방식으로 출판사 대표와 저작권자가 평양에서 직접 저작권가 홍명희 선생의 생가가 있는 지역에서 개최되었습니다.

이런 일들로 바쁜 한 주를 보낸 후에 오늘 활기차게 출근했습니다.

허리가 빨리 회복되기를, 더욱 건강하시기를 기원합니다.

2018년 10월 29일

여동생 K·M 올림

계약을 체결하는 성과를 이뤄냈다. 남북 분단 후 최초의 저작권 계약 사례로서 의미가 깊다. [K·M]

K·M 님

팩스 고맙습니다. 이번에는 한국의 아름다운 가을을 즐기지 못해 정말로 아쉬웠습니다. 또 회의에서 젊은 편집자들의 의욕적인 발표를 들을 수 없었던 것도 몹시 속상합니다.

하지만 그보다 더 속상한 것은 K·M을 비롯한 그리운 한국 분들, 그리고 둥 선생님을 비롯한 중국 분들을 만나지 못한 일입니다.

이번에 제가 요통 때문에 회의에 참석하지 못해 여러분께 폐를 끼친 점 미안하게 생각합니다. 죄송한 마음과 함께 요통을 겪으며 통감했던 것은 바로 EAPC의 오랜 멤버들이 이제 모두 가족과 같은 사람들이 되었다는 사실입니다.

이런 제 마음을 입증이라도 하듯이 K·M이 이렇게 팩스를 보내주셨네요. 또 회의 전날 밤에 타이완 린짜이줴 선생의 부인*께서 병문안 차 전화를 주셨습니다(물론 린 선

* 윈팅슈文亭淑 선생을 이른다. 몇 해 전까지 타이완의 펑자鳳甲대학에서 영어를 가르쳤다. O·N과는 가족끼리 잘 아는 사이다.

생이 상황을 전했기 때문이겠지요).

회의에 관해서는 류사와 선생과 가토 선생에게 듣게 되겠지요. 그날이 기다려집니다.

출판사 대표로서 해내야 할 일과 한국출판인회의 회장 일만으로도 힘들 터인데 부디 저처럼 요통 같은 건 생기지 않도록 무리하지 마시고 건강하길 바랍니다.

다시 만날 날을 기다리고 있습니다.

2018년 10월 29일

O·N

마흔네 번째 편지 – K·M이 O·N에게

오쓰카 선생님!

덕분에 파주북어워드 선정회의*를 성공리에 마쳤습니다. 정말 고맙습니다.

오라버니의 여든 번째 생신 축하연**에는 제가 반드시 찾아뵙고 축하의 말씀을 드렸어야 했는데 그럴 수가 없어

---

*   예년에는 5월 즈음에 열리던 선정회의가 이해에는 7월 23일에 열렸다. 선정회의를 하는 곳은 예년과 마찬가지로 파주출판도시에 있는 지지향 호텔 회의실이었지만 각 지역 멤버들의 숙소는 이상하게도 서울 시내 호텔이었다. 각 지역 멤버들이 22일 서울에 들어와 23일 아침에 작은 버스로 파주의 지지향 호텔에 가서 회의를 하고, 저녁에 서울로 돌아왔다. [O·N]

** O·N의 생일은 8월 26일이다. 그날 내가 만 80세가 된다는 것을 알았던 K·M을 비롯한 EAPC 한국 멤버들은 PBA 선정회의를 가능한 늦추어 생일을 약 한 달 앞두고 축하연을 열어주었다. 축하연 장소는 서울 도심의 한 식당이었는데 당시 한일 경제 관계가 최악의 상황으로 치닫고 있었기 때문에 그 주변은 반일 및 일본 제품 불매운동 시위를 하는 사람들로 가득했다.

나는 참 답답하게도 그때까지 왜 PBA 선정회의가 이 시기에 열렸는지, 각 지역 멤버들의 숙소는 어째서 서울 도심에 있는지 이해하지 못했다. 이 식당으로 안내를 받아 가운데 자리에 앉으라는 이야기를 듣고서야 겨우 그 이유를 알게 되어 마치 벼락을 맞은 것 같은 기분이었다. 사실 파티가 시작된 후로도 한동안 나는 반죽스럽게 말을 잊지 못했다. 마흔 다섯 번째 편지 참조. [O·N]

126

서 얼마나 속상했는지 몰라요.

동아시아출판인회의 발족 이전부터 따지면 벌써 15년이나 지났습니다. EAPC의 한가운데에 오쓰카 선생님이 변함없는 모습으로 계셔서 얼마나 큰 힘이 되고 있는지 모릅니다. 덕분에 방향을 잃지 않고 여기까지 올 수 있었다고 생각해요. 실로 감개무량합니다. 저 역시 새로운 가족 공동체 같은 느낌이 들 정도랍니다. 망설임 없이 오쓰카 선생님을 오라버니라 부르고 있을 정도로 말이에요.

지난번 도쿄회의를 마치고 지히로ちひろ미술관***의 큐레이터와 약속이 있어서 만났습니다. 공교롭게도 그분이 다음 날 오쓰카 선생님을 만날 예정이라고 하더라고요. 그래서 "아, 저의 오라버니예요. 즐거운 시간 보내세요"라고 했더니 그분이 깜짝 놀라더군요. 덕분에 지히로미술관에서 즐거운 시간을 보냈습니다.

*** '지히로미술관 도쿄'를 가리킨다. 나는 지히로미술관 큐레이터와는 일면식도 없기 때문에 이 이야기는 K·M이 착각한 것이 아닌가 싶다. [O·N]
분명히 수석 학예원(슈퍼바이저)인 다케사코 유코竹迫祐子 씨를 만나 '이와나미쇼텐의 전 대표였던 오쓰카 선생'이라고 말하며 이야기를 나누었으나, 그때 우리 두 사람 사이에 뭔가 의사소통의 문제가 있었던 모양이다. [K·M]

저는 지난 주말 격리실에서 해방되어**** 퇴원했습니다. 어제 최종 혈액 검사 결과 호중구 수치가 1000을 넘어서 오늘부터 조심스럽게 회사에 출근하고 있습니다. 건강할 때도 백혈구 수치가 3000 이하로 낮은 편이라 2주 뒤에 재검사를 하고 혈액 전문의를 만나 원인을 찾아보기로 했습니다. 걱정을 끼쳐드려 정말 미안합니다.

이번에 뵙지 못해 얼마나 속상했던지요.

오라버니의 건강을 기원하면서…….

2019년 7월 30일

여동생 K·M 올림

**** 한밤중에 갑자기 몸이 안 좋아져 응급실에 가서 검사를 했는데, 이유는 알 수 없지만 열이 40도 가까이 오르고 혈액검사 결과 백혈구 수치와 호중구 수치가 급격히 낮아졌다고 하여 1인 격리실에 일주일간 입원했다. [K·M]

마흔다섯 번째 편지 - O·N이 K·M에게

K·M 님

무사히 퇴원하셨다니 축하드립니다. 평소 몸을 꾸준히 단련해온 K·M이라 가능한 일이었다고 생각합니다.

PBA 선정회의에서 얼굴을 보지 못해 너무나 허전했습니다. 린린덴 선생*과 "We miss K·M so much"라고 이야기를 나눌 정도였습니다. 서울에서 열린, 생각지도 못한 축하연에 정말 감동받았습니다. 감사의 뜻으로 다음과 같은 취지의 말을 한 기억이 납니다.** (그 뒤에는 너무 건배를 많이 한 탓인지 완전히 취해서 기억이 안 나네요.***)

"현재 한국과 일본의 정치적 관계는 최악입니다. 그럼에도 불구하고 한국의 여러분들이 이렇게 따뜻한 축하연을 열어주셨습니다. 무어라 감사의 말씀을 드려야 할지 모

---

*   타이완의 린짜이줴 선생을 가리킨다.

**   앞의 편지 두 번째 주석 마지막 부분에 쓴 것처럼 O·N은 한동안 망연자실한 상태였다. 린짜이줴 선생이 재촉한 덕분에 감사의 말을 하긴 했지만 내 말이 부족했다는 것은 말할 필요도 없다. 내가 말하고 싶었던 것은, 이렇게 아름다운 축하연은 우리가 모두 국적이나 눈앞의 이해관계에 얽매이지 않고 보다 높은 차원의, 예를 들자면 '출판은 인류의 지적 유산을 계승하고 발전시키는 일이다' 같은 공통의 이상을 품고 있기에 가능한 것이었다. 라는 점이었다.

르겠습니다. 이는 우리가 모두 출판 일―눈앞에 없는 어떤 것을 만들어내는 일, 즉 보편으로 이어지는 일―에 관여하고 있기 때문이라고 생각합니다. 정말로 고맙습니다.”

쌀 케이크는 처음 먹어보았지만 아주 맛있었습니다. 또 축하연의 모든 것을 연출해준 K·M을 중심으로 한 세 분****의 깊은 배려에 다시 한번 깊이 감사드립니다.

나의 사랑하는 여동생과 다시 편히 이야기할 수 있게 되었다는 기쁨을 곱씹는 중입니다. 그러니까 몸이 100퍼센트 완치될 때까지 건강에 신경 써주시길!

다시 만날 날을 기대하고 있습니다.

2019년 7월 30일

O·N

*** 분명하게 기억하는 것은 사월의책 안희곤 대표가 발언을 하다가 마지막 부분에서 "I Love Otsuka Sensei!"라고 하기에 자리에서 일어나 수염투성이인 그에게 가서 입맞춤을 했다는 사실뿐이다. 그 이후로는 동아시아출판사 한성봉 대표가 모두를 2차 자리로 데려갔다는 것만 희미하게 기억난다.

**** K·M, 김시연 일조각 대표, 정은숙 마음산책 대표. 이 세 사람은 수완 좋은 경영자일 뿐 아니라 정감 넘치는 여성들이다.

오쓰카 선생님!

올해도 동아시아출판인회의 일뿐 아니라 저에게도 무척 커다란 힘이 되어주셨어요. 고맙습니다. 앞으로도 변함없이 언제까지고 정정한 모습으로 만나 뵐 수 있으리라 믿어요.

파주북어워드는 많은 분이 걱정해주신 덕분에 12월 정기 국회 2주 전에 예산이 통과되었습니다. 하지만 가까스로 내년 예산만 확정된 상태라 한국 멤버 모두가 다방면으로 계속 노력하고 있습니다.

내년까지는 선생님이 파주북어워드 대표위원을 계속 맡아주셨으면 해요.[*] 부탁드려요. 2021년부터 파주북어워드의 주체가 달라질 경우 아무래도 시스템에 변동이 생길 듯해요. 그때 대표위원직 등에 관하여 전반적으로 논의

---

[*] 이해의 11월 하순에 열린 제27회 EAPC 오키나와회의 최종일에 O·N은 고령을 이유로 은퇴를 표명했다. 또 다음 날 투어 뒤에 열린 연회 때 O·N은 K·M에게 PBA 쪽도 은퇴하겠다는 의향을 전달했다. K·M은 한국에 돌아가 관계자들과 의논한 후 이와 같은 요청을 해온 것이다. 다음 편지 참조.

할 수 있을 것 같아서요. 내년까지 한 해만 더 대표위원으로 참여해주시기를 진심으로 부탁드립니다.

그리고 내년에도 좋은 저서를 출간하시기를 기대하고 있습니다. 오키나와회의 때 이야기해주신 화가에 관한 책** 빨리 읽어보고 싶네요. 일본어 공부를 열심히 해서 사소한 것까지 전부 꼼꼼하게 읽고 싶어요.

한국은 본격적인 겨울 추위는 아직 시작되지 않았어요. 찬 바람도 그리 세지 않아서 다행이긴 하지만, 대신에 미세먼지가 많아졌습니다.

선생님께서도 건강에 유념하시기를, 또 선생님 가정에 신의 축복과 평안이 깃들기를 기원합니다.

2019년 12월 26일

K·M 올림

** 앞의 주석에서 언급한 연회에서 K·M은 개인적으로 만든 『왜그림의 100일 그림일기』라는 아름다운 엽서 책을 O·N에게 직접 전해주었다(다음 편지 참조). 이 책 『책의 길을 잇다』의 삽화도 『왜그림의 100일 그림일기』에서 가져왔다. 당시 O·N은 다음 해인 2020년에 출간 예정이던 『하세카와 도시유키長谷川利行의 그림ㅡ예술가와 시대』(長谷川'이라는 성은 보통 '하세가와'라고 읽지만, 이 화가가 평소에 'はせかわ(하세카와)'라고 서명한 것을 존중하여 특별히 하세카와라고 읽는다고 한다ㅡ옮긴이)에 관한 이야기를 했다.

마흔일곱 번째 편지 – O·N이 K·M에게

K·M 님

오키나와회의는 매우 즐거웠습니다. 마지막 날 선물로 받은 『왜그림의 100일 그림일기』를 여러 번 읽어보았는데요, K·M다운 매우 훌륭한 그림책이었습니다.

그 답례로 이번에는 제가 '남매 통신 2011~2020'*을 내년 1월까지는 보내드리도록 하겠습니다. 이것은 K·M에게 받은 팩스와 제가 보낸 팩스를 합한 40여 통의 기록입니다. 기대해주세요.

오키나와회의에서 제가 은퇴를 하겠다고 했으니 EAPC는 물론 특히 PBA의 대표위원 은퇴 건에 관해서는 부디 잘 조정해주시면 좋겠습니다.

김언호 대표께는 원래대로라면 직접 만나서 이야기했어야 하지만** K·M이 이야기를 잘 전해주시면 감사하겠습

---

* 이 책의 바탕이 되는 K·M과 O·N의 왕복 통신을 가리킨다. 이후 K·M과 O·N은 이를 '남매 통신'이라고 부르게 되었다.

** 김언호 대표는 컨디션이 그리 좋지 않아 오키나와회의에는 참석하지 못했다. 여덟 번째 편지에 나온 것처럼 PBA는 김언호 대표와 K·M을 중심으로 만들어졌다. 따라서 대표위원 사퇴 건에 관해서는 김언호 대표에게도 양해를 구해야 한다고 생각했다.

니다.

바쁜 연말에 번거롭게 해서 미안합니다. 또 어떤 기회로든 만날 수 있길 바랍니다.

부디 좋은 한 해 맞이하시기 바랍니다.

2019년 12월 26일

O·N

추신. 팩스 잘 받아 보았습니다. PBA 대표위원 건에 관해서는 류사와 선생, 가토 선생과 이야기해서 내년 초에 답변을 드리도록 하겠습니다.

K·M 님

좋은 새해 잘 맞이하셨으리라 생각합니다. 시대는 점점 수상한 방향으로 흘러가고 있습니다만, 부디 올해 좋은 일 많이 하시길 바랍니다.

오늘은 지난해 연말에 말씀 주신 부분, 그러니까 PBA 대표위원을 한 해 더 해달라는 건에 관하여 답을 드리려고 팩스를 씁니다.

새해가 밝아오자마자 류사와 선생, 가토 선생과 그에 관해 이야기를 나누었습니다. 1년 뒤의 본격적인 체제 개편을 위해서라도 올해 변동이 있는 것은 바람직하지 않다는 K·M의 의견이 타당하므로 제가 대표위원 역할을 계속해야 한다는 것이 모두의 의견이었습니다.

그런고로 앞으로 한 해 더 PBA 대표위원을 맡도록 하겠습니다. 현재 동아시아의 지성 세계에서 PBA는 몹시 중요한 존재이므로 저의 보잘것없는 힘이나마 다 쏟아부으려 합니다. 모쪼록 잘 부탁드립니다.

이상, 급한 대로 답변만 보냅니다. 오라버니가 사랑하는 여동생에게!

2020년 1월 6일

O·N

추신.　사소한 일이라 송구스럽습니다만, 다음 사항에 관하여 검토 부탁드립니다. 항상 사무국에서는 봄과 가을의 회합을 위해 아침 8시 대의 하네다–김포 간 항공편을 준비해주셨습니다. 올해부터는 오전 10~11시경에 출발하는 항공편으로 준비해주시면 좋겠습니다. 그렇게 하면 점심은 기내식으로 마칠 수가 있습니다. 사무국의 배려와 부담도 다소 경감되지 않을까 싶습니다. 그러면 잘 부탁드리겠습니다.

오쓰카 선생님!

팩스 보내주셔서 감사합니다.

어제는 외부회의까지 겹쳐 하루 종일 회의가 있는 바람에 답장이 늦어졌어요. 올해도 변함없이 건강하시기를, 즐거운 일이 가득한 한 해가 되기를 기원합니다.

올해도 PBA 대표위원직을 맡아주셔서 감사드려요. PBA가 동아시아를 대표하는 출판문화상으로 정착되도록, 또 예산 걱정 없는 사업으로 자리 잡을 수 있도록 올해도 더욱 노력하겠습니다. 상황이 진전되는 대로 다시 선생님께 연락드릴게요. 조언 부탁드려요.

선정회의에 참가하러 파주에 오실 때, 이전에는 각국에서 항공권을 사서 영수증을 주시면 항공 요금을 보내드리는 방식이었는데, 언제부터 사무국에서 임의로 항공권을 사서 보내게 된 것인지 저는 전혀 모르고 있었네요. 정말 미안합니다. 앞으로는 이전처럼 자유롭게 시간을 정해 항공권을 구입하시고, 나중에 영수증을 주시면 항공 요금을 드리는 것으로 조정하겠습니다.

이 건은 제가 류사와 선생님께도 따로 메일을 드릴

게요.

앞으로도 많이 도와주세요.

2020년 1월 8일

K·M 올림

5장 ——— 코로나 시대의 책 만들기

**쉰 번째 편지 (2020년 1월 10일) ~
일흔 번째 편지 (2020년 11월 9일)**

쉰 번째 편지 – O·N이 K·M에게(우편)

K·M 님

'남매 통신 2011~2020' 마흔여섯 번째 편지까지 보내 드립니다. 팩스를 복사하기만 했지 손은 전혀 대지 않았습니다. 그런데 어떤 면에서 보면 이것은 아주 귀중한 자료라 하겠습니다.

몇 번이고 반복해서 읽다 보니 이 자료를 우리가 개인적인 보물로만 간직하는 것은 아깝다는 생각이 들었습니다. 이건 전적으로 제 생각이니까 K·M은 어떻게 생각하는지 여쭈어야겠지요.

그러니 이 복사지 다발을 읽어보신 후 혹시 제 생각과 같다면 우리는 몇 가지 가능성을 생각해볼 수 있습니다. 물론 어떤 이유로든 K·M이 이건 어디까지나 개인적 보물로만 간직해야 한다고 생각하신다면, 말할 필요도 없이 그 시점에서 제가 생각하는 가능성은 자동적으로 소멸됩니다. 만일 그렇게 되더라도 '남매 통신'이 우리의 보물이라는 사실에는 변함이 없으니까요.

그러니 천천히 복사본을 훑어보시고 솔직한 감상을 말씀해주셨으면 합니다. 물론 PBA 심사위원회 회의 때 알려주셔도 좋습니다. 잘 부탁드립니다.

2020년 1월 10일

O·N

추신. 혹시나 해서 현시점에 제가 생각하는 '가능성'에 관하여 그 윤곽만 한번 써보겠습니다. 올 한 해 동안 팩스 통신을 계속하면서 전체 문구 수정과 확인을 합니다. 문맥을 알 수 있도록 주석도 붙일 필요가 있습니다. 그 뒤에 저와 K·M이 분담하여 서문과 해설을 씁니다. 제가 한국말을 할 수 없으니 처음에는 일본어로 작업을 하고, 정리하여 일본어로 출판할 수 있을지 그 가능성을 찾아보겠습니다.

오쓰카 선생님!

보내주신 소포를 조심스럽게 열어보니 '남매 통신 2011~2020 오쓰카 노부카즈, 강맑실'이라는 제목이 보이더군요. 감격한 나머지 가슴이 뭉클했습니다. 첫 페이지에 몇 개의 단어로 압축된, 이제까지의 시간과 관계가 수많은 감정을 불러일으켰기 때문이겠지요. 제 편지를 10년간 날짜별로 빠짐없이 소중하게 간직해주신 점 또한 감동이었어요. 잘 정리하지 못한 채 그냥 놔둔 제가 몹시 부끄러워졌지요. 이런 복잡한 감정을 마음속에 눌러두고 편지 다발도 그대로 두었다가 설날 연휴에 집에서 찬찬히 읽어보았습니다.

다 읽고 나니 아아, 제가 왜 오라버니에게 마음속에 있는 말들을 좀 더 많이 쓰지 못했나 하는 아쉬움이 남습니다. 한편으로는 출판이나 책, EAPC, PBA 등 공적인 내용을 매개로 개인적 이야기를 나눌 수 있었구나 하는 생각도 들었고요. EAPC의 지나온 길을 되짚어볼 수도 있었습니다. 이런 점에서 말씀하신 대로 이것은 사적으로 귀중한 자료이면서 동시에 양국 간 출판 교류의 흔적도 담고 있는 기록이라는 생각이 들었어요.

　하지만 저의 부족한 글이 부끄러워서요. 출판 가능성은 한 번도 생각해본 적이 없기에 과연 어떤 형태로 가능할지에 관해서는 그 의미나 방법과 함께 PBA 선정회의 때 직접 뵙고 이야기를 나누고 싶습니다. 부족한 점이 많은 제 편지까지 마음속 깊이 배려해주셔서 정말 감사드려요.

　항상 저를 지지해주고 응원해주는 선생님께 변함없는 감사의 마음을 전합니다. 새해에는 더욱 건강하시고 즐거운 일 가득하기를 기원합니다.

2020년 1월 27일

K·M 올림

추신.　한국에서는 홍삼을 만병통치약처럼 여기며 복용하고 있습니다만, 오라버니께서 좋아하실지 어떨지 모르겠네요. 한국의 홍삼 중에서도 농약을 쓰지 않은 6년 근 홍삼으로 만든 엑기스라고 합니다. 안에 들어 있는 작은 숟가락으로 한 숟가락씩 하루 세 번 드시거나, 뜨거운 물에 꿀과 함께 녹여서 드셔도 좋습니다.

K·M 님

편지와 홍삼을 보내주셔서 감사합니다.

'남매 통신 2011~2020'을 읽어주셔서 정말 기쁩니다. 그리고 '출판은 절대 반대'라고는 말씀하시지 않았으니 다음 PBA 선정회의까지 제가 생각하는 안을 한번 만들어보겠습니다. 그걸 보면서 둘이서 검토해보면 어떨까요?

제게는 즐거운 일이 하나 늘었네요. 흥미진진하게 여길 수 있도록 열심히 계획을 짜보겠습니다. 기대하세요.

홍삼은 일본에서도 많이들 먹고 있습니다. 저도 좋아하고요. 매일 먹어보려 합니다. 기대되네요. 작년 서울에서 열린 제 여든 살 생일 축하연에서 받은 특별한 장수약 '천녹'도 맛있게 먹고 있는데 양쪽 다 먹으면 제가 도대체 얼마나 오래 살게 될까요. 이게 참 문제네요. 하하.

따뜻한 배려에 감사하면서, 사랑하는 여동생에게.

2020년 1월 31일

O·N

배계拜啓('절하고 아뢴다'는 뜻으로 일본어 편지 첫머리에 쓰는 말—옮긴이)

활기차게 생활하고 계실 거라 생각합니다.

교도통신사의 의뢰로 동봉한 글*을 썼습니다. EAPC의 역사와 의의가 알려지기를 바라는 마음으로요.

EAPC 멤버들에게 오랫동안 신세 많이 졌습니다. 다시 한번 감사의 말씀 올립니다. 여러분의 힘으로 EAPC가 더욱 융성하기를 마음속 깊이 기대하고 있습니다.

언젠가 또 만날 수 있기를 바랍니다.

경구敬具('삼가 아뢴다'는 뜻으로 일본어 편지의 끝에 쓰는 말—옮긴이)

2020년 2월 6일

O·N

---

*　『니혼카이신문』, 2020년 2월 2일자(교도통신사 배포, 삽화, 필자 사진, 약력 생략).

추신.   K·M 님

　위의 글은 일본의 친구들에게 쓴 것입니다. 다른 신문에서는 '동아시아 간 우정을 쌓다'라는 표제를 붙이기도 했습니다. 정말 오랫동안 신세 많이 졌습니다. 고맙습니다. 하지만 K·M과는 PBA 건으로 만날 수 있으니 다행입니다.

[수상隨想] 어느 국제회의에 관하여

　작년 11월 하순, 나하의 오키나와대학에서 민간 국제회의인 제27회 동아시아출판인회의가 개최되었다. 2005년에 창설된 이 회의는 그 뒤 매년 2회 일본·중국·한국·타이완·홍콩·오키나와 등 멤버들이 있는 각 지역에서 열렸다.

　이 회의는 인문사회과학을 중심으로 하는 진보적 성향의 출판인들의 모임으로 매회 35명가량의 중심 멤버와 10명 정도의 젊은 출판인이 참가한다. 이번 회의의 주제는 '출판과 문화 교류'였다.

　이틀간 아침부터 밤까지 진지하게 발표와 토론을 한다. 사흘째는 관광과 여행을 즐긴다. 그러는 동안 식사와 연회를 통해 친교가 깊어진다. 10년 이상 이어오며 참가자들 사이에는 깊은 우정이 생겨났다.

여러 가지 일이 있었다. 몇 년 전 북한과의 군사경계선에 인접한 한국의 파주시에서 회의가 열렸을 때는 삼엄한 경계 태세 아래 당시 대통령이었던 박근혜 대통령이 나나 15분 정도 연설을 했다. 사소한 의견 충돌로 한국과 일본 멤버가 대립한 적도 있다. 하지만 양쪽의 노력 덕분에 사태는 금방 해결되었다.

처음에는 공식적인 의견 표명을 주로 하던 중국 참가자도 최근에는 속마음을 들려주기 시작했다. 지금은 홍콩 문제 등에 관해 솔직한 의견을 교환할 수 있게 되었다.

오키나와는 몇 년 전에 가입했다. 그 전까지는 중국, 한국, 타이완, 홍콩 등 과거 일본 군국주의 피해 지역과 가해자인 일본으로 구성되어 있었다. 하지만 이것이 회의에서 문제가 된 일은 한 번도 없었다. 그리고 일본 측 멤버들의 마음 속 깊숙한 곳에는 반성하는 마음이 사라진 적이 없었다.

몇 년 전부터 동아시아에 정치적·경제적 긴장이 감돌기 시작했다. 특히 한국과 일본, 중국과 일본 사이에서는 긴박한 사태로 발전했다. 하지만 우리의 회의는 그런 것과는 전혀 상관이 없었다.

지난해 7월 반일 시위와 일본 제품 불매운동이 소용돌이치는 서울의 중심에서 한국 멤버들은 나의 여든 번째 생일을 성대하게 축하해주었다. 중국과 타이완, 홍콩의 멤버들도 함께였다. 이는 나에게 더할 나위 없는 기쁨을 안겨주었다.

작년 오키나와회의를 마친 후, 친구와 나는 이른 아침 비행기를 타기 위해 호텔을 뒤로하고 공항을 향해 아직은 어두운 하늘 아래로 길을 나섰다. 실은 회의 마지막 날, 나는 고령을 이유로 회의에서 은퇴하겠다는 의향을 밝혔다. 지난밤에 이미 작별의 인사를 나누었는데도 중국 멤버 둘이 우리를 배웅하러 나왔다. 드디어 동쪽 하늘이 밝아오기 시작할 즈음에 우리는 그들과 뜨겁게 포옹하고 차에 올랐다.

차가 움직이기 시작하자 '아케모도로'(오키나와의 오래된 말, 아침놀을 뜻한다)가 눈 깜짝할 사이에 하늘 저편까지 펼쳐졌다.

이 회의와 각 지역 멤버들에게 감사하는 내 마음은 마를 줄을 모른다.

오쓰카 노부카즈(전 이와나미쇼텐 사장)

오쓰카 선생님!

지난번에 홍삼을 받고 보내주신 팩스도 감사히 읽었습니다.

교도통신사 배포 기사를 읽고 감개무량했어요. EAPC를 향한 선생님의 애정과 관심이 듬뿍 담긴 기사였다고 생각해요. 무엇보다 함께한 사람들에 대한 깊은 정이 배어나오는 부분에서는 저도 여러 가지 기억이 떠올라 눈물을 글썽이고 말았습니다.

EAPC는 '아무것도 없는 상태에서 무언가를 만들어내는 법'을 저에게 가르쳐준 소중한 교류였답니다. 어려운 환경에서 EAPC라는 씨앗을 심어주신 일본의 세 분 선생님, 다시 한번 감사드려요. 정말 존경합니다.

아시아 유일의 국제 출판문화상인 PBA는 어떻게든 지속해갈 수 있도록 한국의 전 멤버가 다양한 방법을 연구하고 있습니다. 오쓰카 선생님을 비롯한 해외의 대표위원 및 선정위원 여러분의 응원이 있으니 반드시 잘될 거라 믿고 있어요.

한국 측과 일본 측은 최종회의 일정을 합의했지만 중

국 측의 상황이 코로나 때문에 여러 가지로 좋지 않은지 아직 선정회의 일정에 관해 답변을 받지 못했습니다. 조금만 더 기다려주세요. 확정되는 대로 다시 알려드릴게요.

　　부디 건강하시길 빕니다. 5월에 파주에서 뵐 날을 기대하고 있습니다.

2020년 2월 21일
여동생 맑실 올림

K·M 님

2월 21일자 편지 감사합니다. PBA의 향후 방침에 관하여 어떤 상황인지 잘 알겠습니다. K·M이 활약하는 모습이 상상이 되어 나도 모르게 미소 짓고 말았습니다.

코로나 바이러스 말인데요. 일본은 물론이지만 한국에서도 심각한 상황이더군요. 예전에 제가 혼자서 한국 여행을 할 때 대구에서 일본어를 할 줄 아는 대학생과 한식당 종업원에게 길 안내를 받은 적이 있습니다. 대도시인 대구가 비상사태라니 정말 걱정됩니다.

코로나 바이러스의 위기에서 한국과 일본 두 나라가 (말할 필요도 없이 중국을 비롯해 코로나 바이러스가 창궐한 모든 나라가 그렇겠습니다만) 하루라도 빨리 회복되기를 기원합니다. 부디 무리하지 마시길 바라며.

2020년 2월 27일
사랑하는 여동생에게 O·N

추신.　이 편지는 답례의 팩스입니다. 답장은 필요 없습니다.

오쓰카 선생님!

서울은 연일 낮 기온이 30도를 웃도는 더위가 이어지고 있지만, 다행히도 아침저녁은 아직 시원해서 견딜 만합니다. 빨리 인사드리고 싶었는데 늦어졌네요.

한국은 코로나가 좀 잠잠해지나 싶다가 다시 번지기를 반복하며 한 달을 보냈어요. 환자 발생 0명 수준까지 내려갔다가 5월 초 연휴 기간에 젊은이들이 자주 가는 이태원 클럽에서 다시 유행이 시작되어 지금은 서울을 중심으로 하루 30명가량의 감염자가 발생하고 있는 상황이에요. 모두 예방에 지쳐 있지만 여전히 신중한 태도로 일상생활을 하고 있답니다.

사계절출판사는 사내에서 주로 직원들끼리 생활하고 있어 큰 걱정은 없지만, 영화관과 극장, 카페를 겸하고 있는 에무 쪽은 항상 마음을 졸이고 걱정하게 됩니다. 그럼에도 매주 토요일 에무 바로 옆에 있는 경희궁 숲에서 제가 하는 숲 해설은 항상 인기랍니다. 하하! 두 시간 가까이 경희궁 숲을 돌며 숲에 관해 해설을 하고 있어요.

선생님께서 보내주신 귀중한 책* 기쁜 마음으로 잘 받

앉습니다. 하세카와 도시유키라는 화가는 제가 잘은 모르지만 그림을 보니 매우 창조적이라 미술의 어떤 도식을 일거에 부숴버릴 듯한 느낌에 압도당했어요.

잘 알고 계시겠지만 한국에도 이중섭**이라는 화가가 있잖아요. 도시유키의 삶이 이중섭 화가의 일생과도 어딘가 닮은 듯 느껴지더군요.

아직 다 읽지는 못했지만 꼼꼼히 읽고 언젠가 선생님을 만나 뵈었을 때 함께 이야기 나누고 싶어요.

무엇보다도 선생님의 건강이 중요하니 부디 건강에 신경 쓰시고 즐겁게 지내시길 바랍니다.

---

*   O·N이 쓴 『하세카와 도시유키의 그림   예술가와 시대』(사쿠힌샤作品社, 2020)를 가리킨다.

**   한국의 화가(1916~56). 평원 출생. 도쿄로 유학을 가서 제국미술학교 분카학원 미술과에서 수학했다. 재학 중 자유미술협회의 제7회전에 입상하여(1938) 동 협회원이 되었다. 귀국(1945) 후 일본 여성 야마모토 마사코山本方子(한국 이름 이남덕)와 결혼하고 원산사범학교에서 교편을 쥐었다. 독립미술협회를 결성하고(1946), 조선미술문화협회 회장을 역임했다(1947). 한국전쟁이 일어나자 남쪽으로 피난. 한국군의 종군화가가 되어(1952) 부산과 제주 등을 전전하면서 그림 작업을 했다. 그림 재료를 사지 못해 담뱃갑 은박지에 철사로 그린 그림이 뒤에 높은 평가를 받는다. 생활고로 아내와 자녀들을 일본으로 보낸 후 심신의 건강을 해쳐 가족과 재회하지 못한 채 병사했다. 서양회화 기법으로 한국의 정취를 표현했으며 대표작으로 〈소〉(뉴욕근대미술관 소장), 〈애들과 물고기와 게〉 등이 있다.

책 출간 다시 한번 축하드립니다. 하루라도 빨리 뵐 수 있기를 바라면서…….

2020년 6월 10일

여동생 맑실 올림

K·M 님

6월 10일자 편지와 책 고맙습니다. 책은 따님이 그린 그림 같은데, 제 한국어 이해 능력이 낮기 때문에 혹시 아니라면 미안하군요. 아주 생생하게 활력이 넘치는 훌륭한 그림입니다. 사계절출판사의 책은 언제나 아름답군요!

K·M 님의『왜그림의 그림일기 2』를 고대하고 있습니다. 언제 나오나요?

제 책『하세카와 도시유키의 그림 – 예술가와 시대』를 읽어주신다니 그에 대한 비평도 즐겁게 기다리고 있겠습니다. 의외로 평판이 좋아서『산케이신문』과 교도통신사에서 인터뷰를 했습니다. 교도통신사 배포 기사는 월말쯤에 나온다고 하니 7월 초에는 받을 수 있을 듯합니다. 양쪽 기사가 모두 들어오면 참고하시라고 복사본을 보내드리겠습니다.

PBA 일본 측 심사위원회의 작업은 진행 중인 모양입니다. 가토 게이지 선생에게 연락을 받았습니다. 이달 말부터 다음 달 초 정도에 모두 모여서 최종 방향을 결정한다고 합니다.

일본에서도 코로나의 영향으로 시민 생활의 존재 방식이 뿌리부터 바뀌고 있습니다. 아무래도 지금까지의 과잉 경제 활동에 의한 지구 파괴와 이번 소동이 연동되어 있다고밖에는 생각이 안 되네요. 예를 하나만 들어보자면, 이번의 코로나로 오히려 중국 대도시에 푸른 하늘이 돌아왔다고 합니다(최근에 PM 2.5 오염, 즉 초미세먼지 문제에 관한 이야기가 별로 나오지 않았어요). 그렇다면 코로나는, 진부한 말이지만 '신의 섭리'에 의한 지구와 인간의 자정 작용이라고도 볼 수 있습니다.

드디어 여러 일들을 마무리했으니 이제 슬슬 '남매 통신' 초고 작업을 시작할까 합니다. 먼저 이 기록이 어떻게 태어났는지를 독자들이 이해할 수 있도록 EAPC에 관해 설명할 필요가 있을 듯합니다. 프롤로그에 해당하는 글은 제가 정리해보겠습니다. 완성되면 K·M이 보고 비평을 해주시기 바랍니다. 동시에 K·M의 첫 번째 편지를 예로 초고의 원안을 제가 써보겠습니다. 이에 관해서도 비평과 정정 부탁드립니다.

이것이 첫 번째 작업이 될 것 같은데, 이대로 진행해도 되겠지요? 꼭 의견 들려주시기 바랍니다.

다음에 서울에 가면 경희궁의 숲 해설을 꼭 듣고 싶군

요!

부디 건강하시길, 사랑하는 여동생에게.

2020년 6월 24일

O·N

그리운 오라버니, 오쓰카 선생님!

한국은 7월 초부터 시작된 장마가 길어지고 있어요. 8월 초까지 이어진다고 합니다.

비를 좋아하는 저는 이런 날씨가 좋아서 비가 잠시 그쳤을 때 비로 막 목욕을 마친 심학산에 가곤 합니다. 선생님이 말씀하신 대로 코로나는 더 이상 견딜 수 없었던 지구와 인간이 '하늘의 섭리'로 행하는 자정 작용이라는 생각이 드는 요즈음입니다.

강화도에서 13년째 살고 있는데요. 저녁 해가 지는 하늘이 이렇게 아름다운 줄 처음 알았습니다. 멀리 있던 산들이 이렇게 눈앞에까지 가까이 와준 것도 처음이고요. 한 시간 반 정도 마을 산책을 하고 있으려니 시시각각 하늘이 얼마나 다양한 빛으로 변화하는지, 또 얼마나 광대한지……. 빛이 엮어내는 풍경의 변화를 그때그때 그림으로 표현하려 했던 인상파 화가들의 마음이 이해가 됩니다.

6월 24일에 보내주신 팩스에 대한 답장이 이렇게 늦어져 미안합니다.

7월 21일에 상반기 평가와 하반기 계획을 위한 전체

회의(힘든 코로나 사태 가운데서도 몇 년 만에 좋은 성과를 내서 하반기도 기대하고 있습니다. 직원들 모두 성과급을 많이 받을 수 있는 1년이 되었으면 좋겠습니다)가 있고 팀별 회의와 개별 미팅이 이어지는데, 여기에 주말에는 집안일 등 여러 가지 일이 겹쳐서 지난주부터 겨우 제 시간을 낼 수 있었어요. 보내주신 팩스와 지난주에 소포로 보내주신 글은 주말에 다시 한번 읽어보았습니다.

지난번 소포에 제 편지와 함께 넣었던『마당을 나온 암탉』은 출간 20주년을 기념하여 윤예지라는 화가가 요즘 젊은 사람들 감각에 맞춰 그림을 새로 그린 책이에요. 김환영 화가의 그림이 실린 초판도 여전히 함께 판매되고 있고요. 이 책만 찾는 사람들이 있을 정도로 김환영 화가의 삽화도 변함없이 인기랍니다. 일본에서 책이 출간되었을 때도 김환영 화가의 그림이 호평을 받았던 기억이 납니다.

저는 부족한 실력이지만 그림은 계속 그리고 있어요. 부끄러운 그림이지만, 언젠가 뵙게 될 때 보여드릴게요.

소포 안에 든 편지와 글을 보니 제 보잘것없는 편지를 정리해주시고, 또 꼼꼼하게 사실 관계를 체크하고 코멘트와 해설까지 하나하나 달아주셨더라고요. 송구스럽습니다. 다시 한번 감사의 마음을 전합니다. 2009년 6월에 보

낸 편지는 저도 완전히 잊고 있었거든요. 이렇게 찾아주시다니 얼마나 기쁜지 몰라요.[*]

선생님이 제게 확인해달라고 하신 부분에 관해 하나하나 답을 드릴게요.

1과 2는 생략. 각각 프롤로그의 첫 번째 주석, 첫 번째 편지의 [해설]에 언급되었다.

3. 오쓰카 선생님이 모든 자료를 저보다 훨씬 꼼꼼하게 보관하셨으리라 믿고 제가 가진 자료는 찾아볼 생각을 하지 않았는데 선생님께서 첫 편지를 최근에 찾으신 것을 보고 혹시 이쪽에도 있을지 모르겠다 싶어서 저도 자료를 찾아보았습니다. 그러다 첫 편지 이후에 주고받은 두 장의 팩스(두 번째 편지와 세 번째 편지)를 발견했습니다! 팩스로 함께 보낼게요.

4. 에필로그는 선생님과 제가 주고받은 모든 글을 다시 한 번 읽어본 후 느낌을 담아 써보겠습니다. 에필로그를 쓰라고 해주셔서 영광입니다.

5. 교정지가 나오면 그때 또 제 글을 하나하나 꼼꼼히 살

[*]   첫 번째 편지 [해설] 참조.

펴보도록 할게요.

하루 빨리 오라버니에게 경희궁 숲 해설을 해드릴 수 있는 날이 오길 기다리며……

[보내는 사람의 서명과 날짜 없음]**

** 긴 팩스였다. 사장으로서 몹시 바쁜 날들을 보내는 중에 이렇게 장문의 편지를 써준 것에 진심으로 감사드린다. K·M이 보내는 사람 서명을 잊을 정도로 바쁜 상황이었다는 것이 아플 정도로 잘 느껴진다. 감사라는 말 외에는 달리 한 말을 찾을 수가 없다. 확인 결과, 이 편지는 2020년 7월 27일에 쓰인 것이다.

K·M 님

어제 팩스에서 빠진 두 장을 바로 보내주셔서 감사합니다. 팩스를 받는 과정에 문제가 생기는 바람에 오히려 전화로 오늘 아침에도 K·M의 밝은 목소리를 들을 수 있었습니다. 전부 상세하게 읽었으므로 답변을 드리겠습니다.

『마당을 나온 암탉』에 관해 알려주셔서 고맙습니다. 제가 한국어를 이해하지 못하다 보니 부끄러운 착각을 했네요. 그렇게 유명한 책인 줄은 전혀 몰랐습니다. 주신 책은 소중히 간직하겠습니다.

아무튼 K·M의『왜그림의 그림일기 2』—강화도 풍물시라고도 할 만한 것입니다—를 꼭 보고 싶습니다. 다음에 만날 때는 꼭 보여주세요!

2009년 6월 18일에 제가 보낸 팩스와 7월 3일의 답장은 엄청난 발견입니다. 덕분에 우리의 '남매 통신'이 더욱 충실해지겠군요.

그리고 전에 보낸 제1고에 관한 질문에 상세하게 회답을 주셔서 감사합니다. 그것을 바탕으로 제1고를 고치고 있습니다. 이렇게 '남매 통신'을 시간과 품을 들여 천천히

숙성시켜가고 싶습니다. 저는 시간이 여유로우니 즐거운 마음으로 제1고 작업을 하면서 조금씩 보내드리겠습니다. 이게 아니더라도 많이 바쁘실 테니 시간 있을 때 한번 봐주시는 걸로 족합니다. 절대로 무리하지 마시기 바랍니다.

K·M이 보내준 팩스 글을 일본 독자들이 보다 깊이 있게 이해할 수 있도록 조금 고쳐보고 있습니다. 보시고 이상한 부분이 있으면 언제든 지적해주세요. 바로 정정하겠습니다.

에필로그는 말씀대로 '남매 통신'을 모두 읽은 후에 천천히 시간을 들여 정리해주어도 좋습니다.

2020년 7월 28일

사랑하는 여동생에게 O·N

(이것은 상세하게 써주신 답신에 대한 감사의 팩스이므로 답장은 필요 없습니다.)

오라버니 오쓰카 선생님

보내주신 소포, 점심시간에 잘 받았습니다.

프롤로그와 첫 번째 편지부터 열여섯 번째 편지까지 꼼꼼하게 수정해주시고 하나하나 코멘트를 더해주신 글, 그리고 교도통신사와『산케이신문』인터뷰 기사 잘 읽었습니다.

그렇지 않아도 기사 내용이 궁금해서 교도통신사 홈페이지에 들어가서 검색해봤거든요. 기사를 찾을 수 없어 아쉬웠는데 이렇게 보내주시니 감사합니다.

먼저 포스트잇을 붙여두신 부분 중에서 탕과 찌개의 차이점*과 2012년 PBA 수상자 이름**만 써서 보내드립니다. [두 가지에 대한 설명은 생략]

제가 코멘트할 부분과 에필로그 등은 1차 교정쇄가 나온 후에 상세하게 확인해도 괜찮을까요? 왜냐하면 선생님의 필기체 글 중에 제 일본어 실력으로는 알 수 없는 문자

---

*   열 번째 편지의 첫 번째 주석 참조.
**   열두 번째 편지의 두 번째 주석 참조.

가 가끔 있는데, 교정쇄를 보면 정확하게 읽을 수 있지 않을까 해서요. 제가 일본어 인쇄체에 익숙하기 때문에 그렇습니다. 죄송해요.***

이렇게 편지를 읽고 있자니 예전 기억이 떠올라 감개무량합니다. 선물 같은 이런 축복을 주시니 얼마나 감사한지요. 코로나 때문에 만나지 못하니 더욱 뵙고 싶어지네요.

하루라도 빨리 뵐 날이 오기를 바라며…….

2020년 8월 7일
여동생으로부터

*** 죄송한 것은 당연히 O·N이다. 21세기인 지금도 손으로 원고를 써서 주면서 K·M에게 따라와 달라고 하고 있으니 말이다. K·M은 항상 컴퓨터로 써서 글을 보내준다. 덧붙이자면, K·M은 편지 말미에 있는 '여동생'에 이어지는 공백에는 항상 친필 서명을 해서 보내는데, 그걸 잊은 걸 보면 얼마나 바쁜 중에 답장을 주었는지 알 수 있다. 여러모로 죄송하다. 예순일곱 번째 편지 참조.

K·M 님

도쿄는 연일 37도에 가까운 무더위가 이어지고 있습니다. 한강이 넘쳤다는 보도를 보고 걱정했는데 며칠 전 전화로 파주와 강화도 같은 북쪽은 괜찮다고 하셔서 안심했습니다.

일본에도 태풍으로 비가 많이 와서 규슈와 도호쿠에 막대한 피해가 발생했습니다. 지구 온난화에 의한 남쪽의 해수 온도 상승이 이상 기후의 원인이라고들 합니다. 저는 코로나 문제 또한 이런 일련의 지구 환경 파괴와 연동되어 있다는 느낌을 떨칠 수가 없습니다(과학적으로는 둘의 인과관계가 아직 입증되지 않았지만요).

열일곱 번째 편지부터 서른한 번째 편지까지 보내드립니다. 시간 나실 때 한번 봐주세요. 절대 무리하지는 마시기 바랍니다.

한철희 대표*에게 제 책『하세카와 도시유키의 그림』을 보냈습니다. 한철희 대표의 답장 가운데 다음과 같

---

*　EAPC의 전 회장. 훌륭한 일본어로 답장을 주셨다.

은 문장이 있었습니다. "매년 두세 번은 만났는데 이렇게 만남이 끊어지고 나니 이산가족이 된 것 같습니다. 자유롭게 왕래하면서 만나던 시절이 그립습니다. 언젠가 또 그런 날이 오겠지요. 어서 빨리 건강한 모습으로 만나고 싶습니다." EAPC의 동료들은 모두 같은 마음이군요.

　　부디 건강하기를!

2020년 8월 14일

O·N

그리운 오쓰카 선생님!

오늘 일주일 만에 출근을 했더니 소포가 와 있는 거예요. 얼마나 반갑던지요. 항상 다음 편지가 기다려집니다. 저는 지난주 일주일 동안 입원했었어요. 덕분에 수술은 잘 되었고요. 주말에 충분히 쉬고 오늘부터 출근했습니다.

도쿄는 37도까지 오르는 무더운 날이 이어지고 있군요. 건강 조심하시길 바랍니다. 한국은 최근 특이하게도 60일 가까이 하루도 빼놓지 않고 비가 오는 긴 장마가 이어졌어요. 며칠 해가 나더니 이번 주부터는 또 타이완 쪽에서 비와 강풍을 동반한 태풍이 올라온다고 하네요.

말씀하신 것처럼 지구 온난화로 남극의 해수 온도가 상승하여 세계적으로 이상 기온 현상이 계속된다고 합니다. 정말 인간이 지구를 너무 많이 파괴하고 단기간에 집중적으로 지구의 에너지를 소비해버린 결과가 아닌가 싶습니다. 코로나도, 이상 기후도 모든 것이 인간이 저지른 행위에 대한 징벌처럼 느껴져요.

사회와 자연의 바람직하지 않은 현상들을 보면서 "왜 이렇게 되었을까? 어떻게 해야 할까?"라는 물음만 떠오르는 요즘입니다.

다행히 이런 혼란의 시대에도 독자들이 변함없이 좋은 책을 발견해주고 있어서 출판을 통한 연대가 가능하겠다는 희망의 싹을 볼 수 있었습니다.

많이 덥습니다. 더욱 건강에 신경 쓰시길 바라면서.

2020년 8월 24일

여동생 맑실 올림

K·M 님

어제는 전화로 밝은 목소리를 들려주어서 고마웠습니다. 하지만 팩스를 보고 깜짝 놀랐습니다. 수술을 받고 일주일이나 입원해 있었다니요. 작년에도 '철의 여인' K·M이 입원을 해서 믿을 수가 없었는데요.

아무튼 부디 무리하지 마시고 건강 조심하세요. 누가 뭐라 해도 사계절출판사는 정말 소중한 출판사니까요.

입원했다는 소식을 듣고 이 통신이 더더욱 중요하게 느껴졌습니다. 사회가 아플 때는 K·M 같은 출판인이 얼마나 중요한지 모릅니다. 출판이 해야 하는 일 가운데 하나가 바로 사회의 병리를 진단하고, 가능하다면 처방전을 제시하는 것이라고 생각하기 때문입니다.

서른두 번째 편지부터 마흔두 번째 편지까지 보내드립니다. 뻔뻔하게도『조선일보』기사 번역까지 부탁드리긴 했는데 그래도 절대 무리는 하지 마시기 바랍니다.

PBA 수상자가 결정되기를 기대하고 있습니다. 이 중요한 상이 지속되고 있음을 동아시아를 향해 발신할 필요가 있으니까요.

EAPC는 (저는 은퇴했지만요) 지금 상황에서는 간단히 회의를 재개하기는 힘들 것 같습니다. 하지만 각국에 지혜로운 분들이 계시고 우수한 베테랑 편집자 분들이 많으니 반드시 새로운 길을 열 수 있으리라 확신합니다.

부디 건강하시길! 사랑하는 여동생에게.

2020년 8월 25일

O·N

그리운 오쓰카 선생님!

한국에는 어제 마이삭이라는 태풍이 남부 지방을 비롯해 전국을 덮쳤다가 오늘 오전에 북쪽으로 빠져나갔어요. 다행히도 서울과 파주, 강화도 등은 생각보다 큰 피해 없이 무사히 지나간 것 같아요. 태풍 하나가 또 온다고 하니 걱정이네요.

장마도 길었고 코로나 확진자도 많이 늘어 진정될 기미가 보이지 않는데 태풍까지 불어오니 살기 어려운 사람들에게는 더 큰일이에요. 저희 회사는 전 직원의 열의와 신의 축복으로 잘 운영되고 있습니다.

제 수술 소식 듣고 많이 놀라셨지요? 걱정 끼쳐드려서 미안합니다. 덕분에 건강 상태는 점점 좋아지고 있어요. 누가 저에게 "리노베이션한 건물이 오래간다"라는 이야기를 해서 웃었답니다.

선생님 말씀처럼 출판인으로서 책을 통해 사회의 병리를 진단하고 건강한 공동체를 만들어가기 위한 제안을 계속해나갈 수 있도록 건강에도 신경 쓰고 해야 할 일도 더욱 집중해서 해나가겠습니다.

부디 오쓰카 선생님과 사모님을 비롯한 가족 분들 모두 건강하시고 즐거움이 가득한 생활 하시길 바랍니다.

2020년 9월 3일
여동생 맑실 올림

포스트잇이 붙은 부분에 관해 하나하나 쓰겠습니다. 제가 쓴 코멘트와 설명이 너무 길 경우 선생님께서 자유롭게 줄이셔도 좋습니다. 선생님께서 하나하나 손수 쓰면서 정리해주신 문건을 보는 것만으로도 가슴이 두근댈 만큼 감동이에요. 얼마나 감사한지요.

[이하 (1) 카페 에무 (2)『조선일보』기사 (3) 2015년 PBA 출판미술상 (4) 2015년 6월부터 2018년 2월 사이 편지 왕래가 없었던 까닭 (5) 홍명희 선생과 사계절출판사의 관계에 관하여 팩스 네 장 이상의 기술이 있으나 생략함]*

---

*   (1)에 관해서는 서른네 번째 편지의 첫 번째 주석 참조. (2)에 관해서는 서른여섯 번째 편지의 [해설] 참조. (3)에 관해서는 서른일곱 번째 편지의 첫 번째 주석 참조. (4)에 관해서는 서른여덟 번째 편지의 [해설] 참조. (5)에 관해서는 마흔두 번째 편지의 세 번째 주석 참조.

예순다섯 번째 편지 – O·N이 K·M에게(우편)

K·M 님

제9호 태풍(마이삭)의 영향이 한국에서는 그렇게 심하지 않았던 모양이네요. 안심했습니다. 제10호 태풍(하이선)은 어땠습니까? 일본에서는 두 태풍에 의한 피해가 조금씩 드러나기 시작했습니다.

코로나도 그렇지만 거대한 태풍도 제 생각으로는 우리의 생활 태도와 관계가 깊지 않나 싶은데 K·M의 의견은 어떤지요.

마흔네 번째 편지부터 쉰네 번째 편지까지 보냅니다. 지난번에는 주석 등 여러 가지를 써달라고 부탁해서 미안합니다. 『조선일보』 기사에 관해서도 배려해주셔서 고맙습니다. 덕분에 저도 우리 통신의 공백기에 관해 새로운 감동이 일었습니다. 무엇보다 홍명희 선생과 관련하여 우리가 잘 몰랐던 K·M의 활약상을 확실히 알게 되어 얼마나 감격했는지 모릅니다.

여동생이 남북한 출판의 역사에서 큰일을 해낸 출판인임에 새삼 감탄하는 바입니다.

이번에는 그런 주석을 써주실 일도 없을 듯합니다. 하

지만 조금이라도 신경 쓰이는 부분이 있다면 꼭 주석을 붙여서 의견을 기록해주기 바랍니다. 이 작업으로 우리의 통신은 또 얼마나 풍부해질까요.

K·M의『왜그림의 그림일기』에서 그림 몇 장을 골라 책에 삽화로 쓰고 싶습니다. 그 밖에 EAPC와 PBA에서 함께 찍은 사진도 사용하고 싶습니다만.

다음 번에 통신 마지막 부분을 보내드릴 때는 제가 삽화와 사진을 몇 장 골라 복사해서 동봉하겠습니다.

아베 총리가 건강상의 이유로 퇴진을 표명했습니다. 일본 정치는 점점 더 혼돈 속으로 빠져들고 있습니다.

부디 건강을 먼저 생각하길 바랍니다.

2020년 9월 8일
사랑하는 여동생에게 O·N

오쓰카 선생님!

보내주신 소포 감사히 잘 받았어요.

파주와 강화도는 아침저녁으로 서늘한 기운이 감돌아서 가을이 가까이 왔음을 실감하게 됩니다.

그렇게 길었던 장마와 태풍 속에서도 다행히 벼들은 예년에 비해 조금 늦긴 했지만 황금색으로 익어가고 있어요. 코로나만 아니면 강화도의 너른 평원은 몹시 평온합니다.

선생님께서 말씀하신 대로 코로나와 함께 올여름 대형 태풍이 연달아 발생한 일도 인간이 탐욕스럽게 자연을 파괴하는 속도를 통제할 수 없어 생긴 일이라고 생각해요. 인간이 탐욕을 버리지 않는 한 인간과 지구에 과연 미래가 있을지, 그런 생각까지도 드는군요.

지난번에 보내드린 자료를 재미있게 읽으셨다니 더할 나위 없이 기쁩니다. 제가 보내드린 것을 하나하나 정리해 정성스럽게 손으로 써주신 글을 보고 또다시 감동이 북받쳐왔습니다.

일본에서는 스가 요시히데菅義偉 자민당 총재가 수상으로 선출되었지요. 한일 관계는 여전히 개선될 기미가 보이지 않습니다. 이런저런 걱정이 더 많아지네요.

제 보잘것없는『왜그림의 그림일기』에서 삽화를 고르신다니 영광입니다. 그림과 사진은 고르시는 대로 편지와 함께 다음에 보내주세요. 살펴보겠습니다.

올해도 선생님 덕분에 PBA 선정 작업을 무사히 마쳤습니다. 이메일로 의견을 나누었는데요, 다행히 문제없이 잘 선정했습니다. 시상식 개최도 어려워져서 수상자와 선정 작품에 관한 정보, 수상 소감 등을 영상으로 만들어 각 나라로 보낼 예정이에요. 이렇게밖에 할 수 없어 정말로 아쉽지만, 어려운 상황에서도 열정과 애정을 가지고 선정에 임한 각국 추천위원과 선정위원 분들께 감사하는 마음 가득합니다.

1. 저작상: 권보드래,『3월 1일의 밤』, 돌베개, 2019(한국)
2. 기획상:『시리즈 중국의 역사』(전5권), 이와나미신서, 2019~2020(일본)
3. 출판미술상: 장즈치张志奇(중국)
4. 특별상:『녹색평론』(한국)

항상 건강하시길 기원하면서 이만 줄이겠습니다.

2020년 9월 17일

K·M 올림

[이하 (1)지히로미술관에 관하여 (2) K·M의 입원 이유는 생략하겠다. 아래의 주에서 설명한 것처럼 앞의 편지들에서 언급한 내용이다.]*

*   (1)은 마흔네 번째 편지의 세 번째 주석 참조. (2)는 마흔네 번째 편지의 네 번째 주석 참조.

K·M 님

9월 17일자 팩스 고맙습니다.

무엇보다 PBA의 올해 수상자가 결정되었다는 소식이 뉴스에 나왔네요. 진심으로 축하드립니다. 코로나 바이러스의 영향으로 어려운 이 시절에 이렇게 중요한 국제 출판 문화상이 건재함을 증명해낸 K·M을 비롯한 한국 출판인 여러분께 깊은 경의를 표합니다.

예년처럼 파주에서 열리는 시상식에 참가하여 수상자 여러분께 축하의 말씀을 전해드리고, K·M을 비롯한 여러 관계자들과 만나고 싶다는 꿈을 꾸어봅니다. 하지만 불가능한 꿈이라는 것에는 변함이 없네요. 팩스로 말씀해주신 것처럼 상에 관한 정보를 영상으로 만들어 각국의 수상자와 관계자들에게 보낸 것은 현시점에서는 최선의 방법이었다고 봅니다.

단 하나 아쉬운 점이 있다면, 제가 대표위원의 한 사람으로서 아무 일도 하지 않았다는 것인데, 이런 부분까지 '남매 통신'에 기록으로 남길 수 있다고 생각하니 구원받은 기분입니다.

쉰다섯 번째 편지부터 예순다섯 번째 편지까지 보내드립니다. 이 부분을 정리하다가 K·M에게 꼭 사과해야 할 부분을 발견했습니다. 예순 번째 편지에 있는 요청, 그러니까 코멘트와 에필로그 집필은 출판할 때 교정쇄를 본 뒤에 할 수 있겠느냐는 질문에 제가 제대로 대답을 하지 못했더군요. 심지어는 그 요청을 무시하는 듯, 말하자면 바쁜 K·M에게 작업을 강요한 셈이 되어버렸다는 걸 이제야 깨달았습니다. 정말로 미안합니다. 부디 양해를.

늦었지만, 그 요청에 대해서 다시 답변을 드리고자 합니다. 코멘트와 주석에 관해서는 1차 교정 때 하셔도 괜찮습니다. 하지만 에필로그가 없으면 책을 만들 수가 없습니다. 바꿔 말하면 에필로그야말로 '남매 통신'의 요체이기 때문입니다. 이게 없다면 어떤 출판사에서도 출판을 검토해주지 않을 것입니다(제가 '석가모니에게 설법'하는 것 같아서 죄송하지만).

K·M이 이후에 하겠다고 요청한 이유가 저의 판독하기 어려운 친필 원고에 있음은 120퍼센트 이해하기 때문에 더욱 미안하지만, 에필로그만은 아무리 시간이 걸리더라도 먼저 정리해주셨으면 합니다.

참, 그런데 9월 17일에 팩스를 받았을 때 제가 외출을 했잖아요. 청년극장이라는 이름의 오래된 극단의 공연을 보러 나간 것이었답니다. 이 극단은 벌써 반세기 전에 극작가 이이자와 다다스飯沢匡 씨(배우이자 작가인 구로야나기 데쓰코黒柳徹子 씨 등을 발굴했으며, 1977년 당시 수상 다나카 가쿠에이田中角栄가 관여한 록히드 뇌물 사건을 중심으로『무기로서의 웃음』을 써서 이와나미신서로 냈다. O·N은 이 책의 편집자)에게 소개받은 극단입니다. 그 후 50년간 한 번도 빠짐없이 매 공연마다 제게 초대장을 보내주는 독특한 극단입니다.

제124회 공연 〈별을 스치우는 바람〉은 한국의 국민 시인이라 불리는 윤동주*의 시와 생애를 그린 드라마로 매우 감동적이었습니다. 양쪽 옆자리가 비어 있는 극장에서 무대를 보는 것은 처음이었지만 역시 직접 공연을 보니 좋더군요. 에무의 공연은 다시 시작하셨습니까?

우리의 '남매 통신'은 올해 PBA 수상자가 결정되면서 드디어 막을 내리게 되었네요. K·M 덕분입니다. 게다가 PBA는 내년 이후에 보다 안정적으로 운영되리라 예상할 수 있게 되어 얼마나 반가운지 모릅니다. 저는 마지막 1년 동안 현실적으로도, 다른 무엇으로도 도움이 되지 못하고 있었습니다만, 이전부터 부탁드린 것처럼 PBA 대표위원은 이제 사퇴할 수 있게 해주시면 좋겠습니다.

이전에도 쓴 것처럼 올 한 해—라고는 해도 이제 석 달밖에 남지 않았네요—통신을 이어가고 그것을 바탕으로 K·M이 에필로그를 써주시면, 우리의 '남매 통신 2009~2020'**은 완결됩니다. 제가 쓴 것 중에 혹시 신경

---

* 한국의 시인(1917~45). 만주의 간도 명동(현 지린성吉林省 룽징龍井) 출생. 그가 태어나기 7년 전 한일합병조약이 조인되어 조선은 일본의 식민지가 되었다. 윤동주는 동네 소학교와 중학교를 다니다 평양 숭실중학교를 거쳐 다시 룽징으로 돌아가 광명학원 중학부를 졸업했다. 서울의 연희전문학교 문과를 졸업하고(1941) 1942년 도쿄로 건너가 릿쿄立教대학의 선과생選科生으로 입학했다. 반년 동안 학교를 다니다 도시샤同志社대학 영어영문학 선과생으로 전학했다. 재학 중에 치안유지법으로 검거되어(1943) 징역 2년 판결을 받아 후쿠오카형무소에서 복역 중에 옥사했다. 해방 이후 시집 『하늘과 바람과 별과 시』가 출간되었다(1948). 그 가운데 가장 잘 알려진 「서시」를 여기에 싣는다.

죽는 날까지 하늘을 우러러
한 점 부끄럼이 없기를,
잎새에 이는 바람에도
나는 괴로워했다.
별을 노래하는 마음으로
모든 죽어가는 것을 사랑해야지
그리고 나한테 주어진 길을
걸어가야겠다.

오늘밤에도 별이 바람에 스치운다.

쓰이는 부분이 있으면 편하게 지적해주길 바랍니다.

이제 글을 맺으려 합니다. 부디 몸 건강히 잘 지내길 바랍니다.

2020년 9월 23일

사랑하는 여동생에게 O·N

오쓰카 선생님!

드디어 '남매 통신'이 대단원의 막을 내리게 되었군요. 이 통신을 정리하면서 선생님이 보여주신 애정과 진심에 머리가 숙여졌습니다. 저도 이 통신을 읽으며 동아시아출판인회의 멤버들, 특히 일본에 계신 한 분 한 분을 각별한 추억을 안고 돌아보게 되어 즐겁고 귀중한 시간이었습니다.

일본의 선생님들이 안 계셨더라면 동아시아출판인회의도 생기지 않았을 테지요. 특히 선생님을 만나 뵙지 못했을 것이라 생각하니 동아시아출판인회의가 얼마나 감사하고 정든 모임이었는지 새삼 실감하게 되네요.

지난주 토요일 오전 등산을 하던 중에 가토 선생님 소식*을 들었어요. 생각지도 못한 일이라 한동안 마음의 고통에서 벗어나지 못하고 있었는데 류사와 선생님과 몇 차례 메일을 주고받으면서 이제는 많이 진정되었어요. 코로나 때문에 사모님조차 면회가 불가능하다고 하니 가장 힘

---

*　가토 게이지 씨가 2020년 10월 초에 설암 수술을 받은 일을 가리킨다. 친구들 누구도 예측하지 못한 갑작스러운 사고였다.

든 시기에 가토 선생님 홀로 지내셔야 하는 상황이 정말로 안타깝습니다.

수술 후 실밥을 제거하고 나면 이전처럼 말씀도 잘 하시고 잘 드실 수 있도록 간곡히 기도드리고 있습니다.

파주북어워드는 코로나 때문에 직접 만나서 의논할 수 없는 어려운 상황에도 특히 류사와 선생님을 비롯한 일본 선정위원 분들 덕분에 큰 어려움 없이 무사히 마칠 수 있었어요. 감사한 마음뿐입니다.

내년부터는 지난번에 말씀드린 것처럼 한국출판인회의에서 진행할 예정인데요. 아직 구체적인 계획이 나오거나 결정이 내려진 것은 아니지만 그렇게 될 가능성이 큽니다.

선생님이 대표위원을 맡아서 이 상이 나아갈 방향을 정확히 제시해주시고, 주최 측인 한국 멤버들에게 큰 힘이 되어주셨기 때문에 여기까지 올 수 있었던 것 같아요.

시인 윤동주의 시와 인생에 관한 무대를 직접 관람하셨다니 얼마나 좋으셨을지 저도 상상이 가네요.

에무는 가장 활발하게 운영되는 시기인 8월에 코로나 상황이 심각해져 한동안 정체되어 있었어요. 다행히도 10월에 들어서는 기획한 연극, 미술 주간 행사, 공연, 영화제 등이 각광을 받고 있답니다. 이것도 정말 감사한 일이지요. 코로나 상황에 맞게 아이디어를 모아 기획한 것이 사람들에게 설득력이 있었던 게 아닐까 싶어요.

사계절출판사도 다행히 예년보다 잘 되고 있습니다. 모든 직원에게 감사하게 생각하고 있어요.

파주의 가을 하늘이 어느 때보다 높고 파랗습니다. 이 시기가 되면 파주북소리와 파주북어워드 시상식이 열려 동아시아출판인회의 멤버들을 만났었는데……. 올해는 처음으로 못 만나게 되니 그리움이 더욱 커집니다. 모든 회의 관계자 분들을 다시 뵙고 싶은 그리움이 차오릅니다.

무엇보다 건강 조심하시고 즐거운 날들 보내시기 바랍니다.

2020년 10월 9일
여동생 K·M 올림

K·M 님

지난번 팩스를 받고 벌써 한 달이 지나버렸네요. 그간 여러 가지 일이 있었습니다.

먼저 파주북어워드의 수상자가 결정되었다는 것, 그리고 코로나 상황을 고려해 시상식을 여는 대신 사무국이 적극적으로 온라인 영상 메시지를 제작하여 수상자를 비롯한 관계자들에게 보낸 것(저도 대표위원으로 축하 인사*

---

* 나는 자기소개와 수상자들에게 드리는 축하 인사에 이어서 아래와 같이 말했다.

코로나 시대임에도 각국의 추천위원과 심사위원들이 열심히 일하고 사무국에서 주도면밀하게 준비하여 이 전대미문의 국제 정세 속에서도 이 상을 유지한 것은 정말로 훌륭한 일입니다.

이 상은 설립 이래 9년간 동아시아의 평화와 안정, 국제 교류, 각국의 역사에 새로운 빛을 던져주는 서적과 활동에 상을 수여하여 사회적으로 커다란 공헌을 해왔습니다. 내년이면 10년이 됩니다.

정치적인 면에서 동아시아 각국의 관계는 결코 안정되거나 양호하지 않았습니다. 하지만 이 상의 운영에 관해 이야기하자면, 동아시아에서 이렇게 우호적이고 연대감 넘치는 활동은 달리 찾아볼 수 없을 정도입니다.

이런 획기적인 상을 창설하고 동아시아 전역을 향해 평화의 메시지를 계속해서 발신하는 한국 출판인 여러분께 저는 마음속으로부터 경의를 표하는 바입니다. 이 상이 더욱 발전할 수 있기를 바랍니다.

동영상을 오치아이 가쓰히토 씨에게 찍어달라고 하여 사무국에 보냈습니다). 이는 동아시아에서 유일한 국제 출판문화상이 건재함을 드러내는 쾌거라 하겠습니다.

이와 반대로 미국 대통령 선거의 혼란스러운 상황이 눈에 띄었습니다. 특히 트럼프 대통령의 강권적이고 근거 없는 수많은 도발 행위는 세계 최대 민주주의 국가의 내실을 폭로하는 추악한 것이었습니다. 우리 일본에서도 스가 총리가 일본학술회의 인선에 이유를 명시하지 않고 개입하려 했습니다. 이는 민주주의와 학문의 자유에 대한 노골적인 도전 이외에는 어떤 것도 아닙니다.

또 생각지도 못한 가토 게이지 선생의 입원과 대수술이 있었습니다. 다행히도 2, 3일 전에 퇴원을 하고 지금은 통원하면서 방사선 치료를 받고 있다고 합니다.

한편 우리 동아시아출판인회의 동료, 오키나와의 다케이시 가즈미武石和実 선생(요주쇼린榕樹書林 대표)은 A5판으로 상·하 각 550쪽에 달하는 큰 책을 간행했습니다. 마에히라 후사아키真米平房昭가 쓴『류큐해역사론』입니다. '무역, 해적, 의례, 해방, 정보, 근대' 등 류큐를 둘러싼 주요 학문 연구를 시야에 넣은 포괄적인 업적이라 하겠습니다. 아직 3분의 1 정도밖에 읽지 않았지만 아주 중요한 작업이라고

생각합니다. 코로나 시대에 이런 출판인이 있다니 자랑스
럽습니다.

마지막으로 『요미우리신문』에 저를 인터뷰한 장문의
기사가 게재되었습니다. 독서 주간에 맞춘 나이든 출판인
의 회고와 전망이라는 내용입니다. EAPC에 대해서도 중국
출판인의 '강건함'과 관련하여 내용이 조금 나옵니다.[**] 친
구 말에 따르면 마치 유서 같다고 합니다만, 출판에 대한
제 바람, 특히 젊은 세대 출판인에 대한 기대를 담은 내용

[**]   해당 부분만 인용한다(『요미우리신문』 2020년 10월 27일자 석간 「편집위원 우
카이 데쓰오의 '저렇게 말하고 이렇게 듣다'」).

오쓰카: 퇴직 후 동아시아출판인회의를 만들어 1년에 몇 번 아시아를
돌면서 알게 된 것은 중국 출판계의 활기와 강건함이었습니다.

우카이: 강건함이요?

오쓰카: '언론의 자유가 없는 나라에서 뭐가 되겠나'라고 생각하시지요?
하지만 중국은 아직 개발 도상에 있는 오지도 많고, 위로 올라가려는 사
람들의 교육열도 높습니다. 고전을 현재에 전하는 좋은 기획이 계속해
서 나오고 있습니다. 재미있는 것은 지금부터입니다. 그러니까 고전을
해석하는 데도 폭이 있지 않습니까? 거기에서 대놓고 체제 비판은 하지
않지만 여러 가지 사안을 보는 방식, 사고방식을 해석에 짜 넣습니다.

우카이: 제약을 계기로 만드는 강건함이 있다는 것이네요?

오쓰카: 중국사를 베이징 등 중심에서 보는 것이 아니라 [예를 들면] 동
북 지방의 하얼빈으로 시점을 바꿔서 보는 독특한 기획도 있습니다. 이
민족 지배까지 포함하여 3000년 이상 여러 체제 아래에서 살아온 중국
인의 강건함을 느낍니다.

이라 그런 듯합니다.

지금까지의 통신을 다시 읽어보았습니다. EAPC와 PBA에 관한 실무적인 연락, 제 책 번역에 관한 구체적인 문제점 제시,『이와나미쇼텐 100년』을 한국출판인회의에 증정하기 위한 논의 등이 있었습니다.

이와 동시에 제가 받은 편지의 밑바닥을 흐르고 있던 것은 한국의 아름다운 자연(특히 강화도의 자연)을 마주하는 K·M의 모습이었습니다. 자연에 관하여 우리는 몇 번이나 의견을 나누었습니다. 지구 온난화로 인해 세계 각지에서 나타난 거대한 태풍이나 홍수, 한발, 삼림 화재 등이었지요.

이 문제에 관하여 저는 최근 일본의 젊은 연구자가 좋은 작업을 발표한 것을 알게 되었습니다. 사이토 고헤이斎藤幸平라고 하는 마르크스 엥겔스 신新전집 국제판 편집위원이기도 한 이 사회과학자는『인신세人新世(혹은 인류세人類世)의 '자본론'』(슈에이샤신서, 2020)이라는 책을 통해 기후 변동의 근본적인 해결책으로 탈성장 경제를 제창했습니다. 이런 사고는 마르크스 만년의 사색에서도 힌트를 얻은 것으로 전작『대홍수 앞에서 – 마르크스와 혹성의 물질대사』(호리노우치출판堀之内出版, 2019)에 쓰여 있습니다.

이처럼 우리가 '남매 통신'을 통해 우려하던 문제들에

대하여 젊은 세대 연구자들이 답을 제시하려 노력하는 것을 보고 저는 깊이 감동했습니다. 지금까지는 나오미 클라인Naomi Klein으로 대표되는 저널리스트에 의한 경고***가 많았던 것 같지만요.

최근 10여 년간 매년 연말연시가 되면 K·M에게는 전화나 팩스를, 타이완의 린짜이쭤 부부에게는 전화를 받는 일이 연중행사가 되었습니다. 이는 서로 무사함을 확인하고 새해에 대한 기대를 주고받는 소중한 기회였지요. 물론 연말연시가 아닌, 다른 시기에 보내준 모든 편지도 노인인 저에게 용기를 주었습니다.

전화와 편지만으로도 그러할 정도였으니 해마다 몇 번씩 직접 얼굴을 볼 때는 정말 기뻤지요. 그렇다고는 해도 인간에게는 정해진 수명이 있으니 무엇이든 영원히 이어지는 것은 불가능합니다. 그래서 저는 작년 EAPC 오키나와회의에서 은퇴할 것을 밝혔습니다. PBA 대표위원 사퇴

***　나오미 클라인의 『이것이 모든 것을 바꾼다 자본주의 vs. 기후 변동』(이구시마 사치고幾島幸子·아라이 마사코荒井雅子 옮김, 이와나미쇼텐, 2017. 원서는 2014년 간행) 같은 책을 예로 들 수 있다(원제는 This Changes Every Thing으로 한국어판 서지 정보는 다음과 같다. 이순희 옮김, 『이것이 모든 것을 바꾼다 자본주의 대 기후』, 열린책들, 2016).

에 관해서도요.

하지만 과거 10여 년간 우리가 주고받은 통신은 어떤 것과도 바꿀 수 없는 보물입니다. 이처럼 충실한 시간을 함께할 수 있었던 것에 다시 한번 진심으로 감사드립니다. 고마웠습니다.

부디 건강하시기를! 코로나 시대가 하루라도 빨리 종식되기를, 그리고 다시 만날 수 있기를 기원하며.

2020년 11월 9일
사랑하는 여동생에게 오쓰카 노부카즈

일흔 번째 편지 – K·M이 O·N에게

오쓰카 선생님!

지난 며칠간은 따뜻한 날씨가 이어졌는데 오늘부터 갑자기 추워져 가을이 더욱 깊어졌구나 싶습니다.

일요일인 어제는 볕이 좋아 남편과 함께 김칫독을 전부 꺼내서 씻고 말렸어요. 집안일을 끝내고는 추수가 끝난 가을 들판을 세 시간 가까이 천천히 걸었지요. 코로나 사태 가운데서도 자연은 제 역할을 해내며 겨울을 준비하고 있었더라고요.

감나무에서 아직 떨어지지 않은 붉은 감이 구름 한 점 없는 파란 하늘과 어우러져 그림을 그리고 싶다는 충동을 느낄 정도로 아름다웠습니다. 자연이 인간에게 준 즐거움과 깨달음과 위로는 얼마나 큰지 모르겠어요. 인간의 개발 행위로 파괴되지 않는 한 변함없이 우리에게 많은 것을 주는 자연에게 감사의 마음을 전하고 싶어요.

미국 대통령은 바이든으로 확정되었네요. 한국에서는 북한과의 관계 때문에 이후 어떤 변화가 있을지가 초미의 관심사입니다. 미국이 한국전쟁 종전 선언은 물론 북한에 대한 비겁한 경제 제재를 해제하지 않는 한 남북이 주체적인 관계를 맺기는 힘들 테니까요. 남북으로 분단되어 한국의 문제를 우리 스스로 결정하고 실행할 수 없는 상황은 실로 암울하고 억울할 뿐입니다.

스가 총리는 일본학술회의 인선에까지 개입할 정도로 민주주의를 거스르고 있다니 정말 이해가 안 되네요.

존경하는 다케이시 가즈미 선생님이 출간한 『류큐해역사론』은 반드시 시간을 내서 읽어보려고요. 지금은 내용을 잊어버렸지만, 일본어 공부도 할 겸 류큐 문화사 책을 읽고는 제주도와 역사, 운명, 풍속 등이 닮은 류큐에 관심과 애정이 커졌거든요.*

자연 재해와 관련하여 소개해주신 사이토 고헤이 선생의 책 두 권도 찾아 읽어볼게요.

『요미우리신문』에 실린 선생님의 인터뷰는 요미우리 신문사 사이트에 들어가 검색해서 읽어보았어요. 마치 유서 같다고 한 분이 계실 정도로 젊은 세대에게 전하는 의미심장한 이야기와 기대가 엿보여 즐겁게 읽었습니다.

가토 선생님이 퇴원해 통원 치료 중이라 하시니 다행

---

* 사실 K·M은 '강인'이라는 필명으로 오키나와 요리책을 직접 번역해서 출판하기도 했다. 한국어판 서지사항은 다음과 같다. 하야카와 유키코, 강인 옮김, 『오키나와 집밥』, 사계절출판사, 2018.

입니다. 물도 못 삼키는 상황에서 방사선 치료까지 받고 계시다니 선생님의 건강을 위해 진심으로 기도드립니다.

이 책에서는 이것이 마지막 편지가 되겠네요. 책을 출간한 이후에도 선생님과 저는 편지를 주고받겠지요. 그렇게 생각한 탓인지 선생님의 이번 편지에서 뭐랄까요, 정리를 하시는 듯한 말씀들이 제게는 낯설게만 느껴지고 아쉽기도 합니다.

선생님께서 10년 이상 오간 편지를 모아 책으로 만들어보자고 제안하지 않으셨다면 저 역시도 아마 전체 편지를 이렇게 찬찬히 들여다볼 기회는 없었을 거예요. 선생님 덕분에 지금껏 주고받은 편지들을 읽으며 자연스럽게 여러 가지 생각이 났고, 또 앞으로의 일도 생각해보는 소중한 계기가 되었습니다.

제 편지까지 하나하나 손수 수정해주시고, 틀린 곳을 확인해 고쳐주시는 선생님의 모습에서 느끼는 감동의 무게가 얼마나 큰지 몰라요. 무엇보다도 출판을 향한 선생님의 바위 같은 굳은 신념과 애정을 뚜렷하게 느꼈습니다.

부디 코로나 사태 속에서도 언제까지고 건강하게 계시길 바랍니다.

내년 봄에는 꼭 만나서 맛있는 술을 마시며 많은 이야

기를 나누고 밝게 웃을 수 있으리라 믿고 있습니다.

2020년 11월 9일
사랑하는 오라버니에게 강맑실 올림

동아시아출판인회의가 키운 꿈

　　2020년 1월 중순, 오쓰카 선생님에게서 두꺼운 소포가 왔다. 열어보니 언제부터인가 오쓰카 선생님과 내가 주고받은 팩스와 편지의 복사본이 들어 있었다. 두꺼운 종이 다발 옆에는 한 통의 새로운 편지가 있었다. 편지에는 "우리가 15년 가까이 주고받은 팩스와 편지는 우리 두 사람의 사적인 보물일 뿐만 아니라, 한일 양국 출판 교류의 일면이 포함된 귀중한 자료이기도 하여 출판하는 데 의미가 있다고 생각하는데 어떻게 생각하시는지요?"라는 취지의 제안이 담겨 있었다.

　　이제까지 주고받은 팩스와 편지를 버리지 않고 전부

모아두셨다는 것도 놀랄 일인데 출판이라니! 생각지도 못한 제안이었기에 나는 머리를 한 대 얻어맞은 듯 멍한 느낌이었다. 사람과 사람 간의 작은 교류 하나도 간단히 흘려보내지 않는 오쓰카 선생님의 섬세함에 나는 크게 감동했다. 하지만 나의 내밀한 이야기가 들어 있는 편지를 출판하다니 아무래도 부끄러움이 앞섰다.

그런데 내가 부끄럽다고 해서 출판을 하지 않겠다고 한다면, 선생님이 쓰신 의미 있는 이야기는 도대체 어떻게 되어버리는 것일까. 어쩌면 좋을지 몰라 결론을 내리지 못했다. 선생님의 편지는 5월 중순에 예정되어 있던 파주북어워드 선정회의 때 만나 더 구체적인 이야기를 하자는 말로 끝났다. 5월이라면 아직 시간이 있으니 그때까지 고민해보자. 이렇게 생각한 나는 분명한 내 의견을 말하지 않은 채 5월에 만나 이야기하고 싶다는 답장만 보냈다.

그런데 결국 선생님과 나는 5월에 만날 수 없었다. 선생님의 소포와 편지를 받은 1월 중순 이후 코비드19(즉 코로나 바이러스)가 급속하게 유행하여 해외여행이 어려워졌다. 파주북어워드 선정도 대면 회의를 포기하고 이메일을 통해 의견을 나누는 방식으로 진행되었다. 그리고 7월, 선생님의 두 번째 소포가 도착했다.

이번에는 처음 몇 해간 주고받은 편지의 복사본에 포스트잇이 붙어 있었다. '남매 통신'이라는 제목까지 쓰여 있었다. 넘겨보니 내 편지와 팩스 내용을 선생님이 하나하나 손으로 옮겨 쓴 뒤 상세하게 주석을 달고 해설을 하거나 보충 설명을 써놓은 것이었다. 포스트잇이 붙은 부분은 내가 확인해야 할 내용이었다. 어느새 편집 작업이 시작이 된 것이다!

마치 기다리기라도 한 것처럼 나는 자연스럽게 선생님의 노정에 이끌려 들어갔다. 포스트잇이 붙어 있는 곳을 하나하나 확인하면서 선생님의 질문에 답하고 내 나름대로 필요하다고 생각하는 내용을 더했다. 한국 요리 가운데 '탕'과 '찌개'가 어떻게 다른지 묻는 선생님의 질문에는 은근히 웃음이 터져 나왔고, 식물 '수세미へちま'를 냄비 등 설거지에 쓰는 '짚수세미たわし'(다와시. 예전에는 설거지를 할 때 쓰던 짚 뭉치를 일컬었는데, 요즘에는 짚 뭉치 대신 야자 섬유로 만든 억센 솔 모양의 도구를 가리키게 되었고 설거지보다는 운동화나 바닥의 찌든 때를 닦는 데 쓴다. 설거지에 사용하는 수세미 같은 도구는 보통 '스펀지'라 부른다. 우리가 설거지용 수세미를 생각하고 '다와시'라고 하면 일본인은 운동화 빠는 솔을 떠올린다—옮긴이)와 착각을 하는 등 나의 부족한 일본어로

인해 생긴 오해 때문에 얼굴이 붉어지기도 했다. 그러한 과정을 거쳐 내 몫의 편집을 마치고 선생님께 다시 원고를 송부했다.

이렇게 주거니 받거니 하는 작업이 11월까지 이어졌다. 선생님은 편지 전체를 꼼꼼하게 검토하며 독자가 이해하는 데 필요한 내용을 덧붙였다. 선생님의 손은 팩스와 편지에 새로운 생명력을 불어넣었다. 두 사람의 우정이 담긴 사적인 편지가 점차 두 출판인의 국경을 넘은 교류의 기록으로 그 의미를 넓혀갔다. 반세기 동안 편집자로서, 또 저자로서 일본의 출판문화를 이끌어온 오쓰카 선생님의 편집 작업을 눈앞에서 보면서 나는 감동을 넘어 어떤 숙연함마저 느꼈다. 이 작업의 사회적 의미를 적극적으로 발견하고, 독자의 입장에서 무엇이 더 필요한지를 거듭 자문하는 모습이 대편집자다웠다. 무엇보다 이 작업에는 15년 이상 이어져온 동아시아출판인회의와 그 뒤에 출범한 파주북어워드에 대한 선생님의 깊은 애정이 녹아 있기 때문에 나도 한층 더 진지한 자세로 임할 수밖에 없었다.

2005년에 발족한 동아시아출판인회의는 한국, 일본, 중국, 타이완, 홍콩, 그리고 최근에 합류한 오키나와까지 동아시아 여섯 지역의 출판인이 모여 상호 교류와 협력을 도모해왔다. 매년 봄과 가을 두 차례씩 지역별로 돌아가며 회의를 주최해왔는데, 2019년 11월 오키나와회의를 마지막으로 1년 이상 얼굴을 마주하지 못했다. 그러니까 이 작업은 선생님에게도 내게도 동아시아출판인회의 멤버들을 향한 그리움을 재확인하는 과정이었는지도 모르겠다. 이 작업을 진행하는 동안, 이제까지 회의에서 토론한 많은 주제, 회의가 끝난 뒤 함께 여행하면서 즐겁게 나누었던 이야기, 그리고 멤버 한 사람 한 사람의 얼굴이 떠올랐다. 오쓰카 선생님은 그 그리운 얼굴들 가운데 누구보다도 밝게 빛나는 분이었다.

돌이켜 보면, 우리는 동아시아출판인회의와 파주북어워드를 통해 정말로 많은 꿈을 열심히 꾸었다. 그 꿈을 모두 이룬 것은 아니지만, '과거는 미래를 비추는 거울'이라는 벤야민의 말처럼 우리가 '동아시아 독서 공동체'를 꿈꾸며 함께 토론하던 주제와 실행한 사업이 미래의 동아시아 출판문화를 위한 작지만 확실한 토대가 될 수 있지 않을까 생각한다.

15년 이상의 시간과 국경을 넘나들며 회의 체제를 유지할 수 있었던 힘으로 나는 두 가지를 들고 싶다. 하나는 출판의 역할, 그러니까 사회에서 책이 짊어져야 할 역할에 대한 신념과 확신을 말한다. 서로 다른 여섯 지역에서 각각 다른 종류의 책을 만드는 사람들이지만 우리는 모두 책이 사회에 끼치는 영향, 독서 공동체가 만들어내는 더 나은 내일에 대한 강한 신뢰를 공유했다. 그 신뢰가 책의 위기를 예견하는 여러 전망 가운데서도 연 2회씩 회의를 개최해나가는 원동력이 되었다.

나머지 하나는 멤버 상호 간의 깊은 신뢰다. 각 지역별로, 또 멤버 개개인이 속한 출판사별로 각자 다양한 사정이 있을 터인데도 서로 의견을 나누고 상황을 조율하면서 모임을 유지할 수 있었던 것은 서로를 존중하고 신뢰하는 마음 때문이었다. 그중에서도 가장 든든한 기둥 역할을 해주신 분이 바로 오쓰카 선생님이다.

동아시아출판인회의는 이제 바람에만 의존하는 범선이 아니다. 그렇다고 해서 모든 시스템을 안정적으로 갖춘 크루즈도 아니다. 자신의 동력을 어느 정도 갖추고는 있으나 여전히 바람에 기대지 않으면 앞으로 나아가지 못하는 범선이라고 하면 좋을까. 동아시아출판인회의가 '동아시아 독서 공동체'라는 꿈을 싣고 항해해가는 바다는 여전히 모험이고 저항이며 도전의 장이다. 그러한 바다 위에서 이어지는 우리의 항해에서 오쓰카 선생님은 분명 앞으로도 우리의 길을 밝게 비춰주시리라 믿는다.

엄격하면서도 정이 깊은 오쓰카 선생님. 선생님과 긴 시간 팩스와 편지를 주고받으며 남매의 정까지 나눌 수 있어 더할 나위 없이 기쁘고 감사하다. '남매 통신'은 앞으로도 이어질 것이다. 그 통신이 이후에는 어떤 말로 채워질까 나도 궁금하다.

동아시아출판인회의의 산파역을 한 일본의 류사와 다케시 선생님과 가토 게이지 선생님께도 이 자리를 빌려 감사의 말씀을 드리고 싶다. 가토 선생님의 쾌유를 기원하며 이 글을 맺는다.

* 이 책의 교정을 보던 중에 가토 선생님이 돌아가셨다. 이 자리를 빌려 삼가 고인의 명복을 빈다.

강맑실

우리의 사적인 '남매 통신'이 이렇게 책의 형태가 되다니 몹시 기쁘다. 무엇보다 이제까지 우리가 속해 있던 동아시아출판인회의(EAPC)와 파주북어워드(PBA)의 관계자 모두에게 진심으로 감사하다는 말을 전하고 싶다.

나라의 규모와 체제의 차이에도 불구하고 우리는 15년이 넘도록 한자리에 모여 흉금을 열고 토론하고 의견을 나눌 수 있었다. 그동안에도 정치와 경제의 측면에서는 각 지역 사이에 전에 없던 긴장이 이어져왔다.

그럼에도 우리가 모임을 유지할 수 있었던 것은 모두가 출판이라는 인류 공통의 과제를 수행하고 있기 때문이리라. 이 모임을 통해 국경을 넘어선 우정과 연대가 많이 생겨났다.

우리의 통신은 하나의 작은 예에 지나지 않는다. 하지만 이런 사소한 예라도 거듭된다면 변혁의 길로 이어지지 않을까. 이런 의미에서 EAPC와 PBA가 각 지역의 젊은 세대 출판인들에 의해 더 활발하게 전개되기를 바란다.

이 책은 일본어판과 한국어판이 동시에 간행된다. 이것도 이와나미쇼텐과 사계절출판사 여러분의 연대와 우정 덕분이다. 깊이 감사드린다.

2021년 4월

오쓰카 노부카즈·강맑실

일본어판 출간에 관해서는 EAPC와 PBA 멤버이기도 한 오다노 고메이小田野耕明 편집자를 비롯한 이와나미쇼텐 분들에게 신세를 졌다. 또 북디자인을 한국에 깊은 관심을 가진 가쓰라가와 준桂川潤 선생에게 부탁할 수 있었던 것도 정말 다행스러운 일이다.

마지막으로 이 책의 삽화를 그린 왜그림('왜 그림을 그리는가'라는 뜻)은 강맑실 대표의 화호이다.

오쓰카 노부카즈

동아시아출판인회의(EAPC) 개최 기록

회차	회의 명칭(기간)	장소(주최 지역)
제1회	도쿄회의(2005년 9월 5~6일)	도쿄(일본)
제2회	항저우회의(2006년 3월 30~31일)	저장성 시후(중국)
제3회	서울회의(2006년 10월 19~20일)	서울(한국)
제4회	홍콩회의(2007년 3월 29~30일)	홍콩(홍콩)
제5회	타이완회의(2007년 11월 8~9일)	신주(타이완)
제6회	교토회의(2008년 3월 27~28일)	교토(일본)
제7회	서울회의(2008년 11월 6~7일)	서울(한국)
제8회	리장회의(2009년 4월 16~17일)	윈난성 리장(중국)
제9회	전주회의(2009년 10월 29~30일)	전주 국립전북대학교 (한국)
제10회	마카오회의(2010년 5월 6~7일)	마카오대학(홍콩)
제11회	타이완·화롄회의(2010년 11월 25~26일)	타이루거(타이완)
제12회	도쿄·메이지대학회의(2011년 12월 1~2일)	도쿄(일본)
제13회	도쿄·도쿄외국어대학회의(2012년 5월 24~25일)	도쿄(일본)
제14회	타이완·타이완대학회의(2012년 12월 20~21일)	타이베이(타이완)

제15회	청두회의 (2013년 5월 16~17일)	쓰촨성 청두 (중국)
제16회	파주회의 (2013년 9월 30일)	파주 (한국)
제17회	구이양회의 (2014년 8월 1~2일)	구이저우성 구이양 (중국)
제18회	도쿄·국립정보학연구소회의 (2015년 4월 2~3일)	도쿄 (일본)
제19회	타이완·국가도서관회의 (2015년 11월 11~12일)	타이베이 (타이완)
제20회	홍콩·위쭝이문화관회의 (2016년 4월 19~20일)	홍콩 (홍콩)
제21회	10주년 오키나와회의 (2016년 11월 14~15일)	나하 (오키나와)
제22회	서울회의 (2017년 5월 25~26일)	서울 (한국)
제23회	우전회의 (2017년 9월 21~22일)	저장성 우전 (중국)
제24회	타이완·국립타이완문학관회의 (2018년 4월 17~18일)	타이난 (타이완)
제25회	부천회의 (2018년 10월 24~25일)	부천 (한국)
제26회	도쿄·메이지대학회의 (2019년 6월 27~28일)	도쿄 (일본)
제27회	오키나와·오키나와대학회의 (2019년 11월 21~22일)	나하 (오키나와)

왕복 통신 일람

O·N은 오쓰카 노부카즈, K·M은 강맑실
별도의 표시가 없는 것은 팩스, *은 우편

2009년		
제1호 편지	*K·M	6월 15일
제2호 편지	O·N	6월 18일
제3호 편지	K·M	7월 3일

2011년		
제4호 편지	K·M	12월 22일
제5호 편지	O·N	12월 23일

2012년		
제6호 편지	K·M	1월 5일
제7호 편지	O·N	1월 5일
제8호 편지	K·M	2월 20일
제9호 편지	O·N	2월 20일
제10호 편지	O·N	3월 5일
제11호 편지	K·M	3월 12일
제12호 편지	K·M	6월 22일
제13호 편지	O·N	6월 22일
제14호 편지	K·M	8월 24일
제15호 편지	O·N	8월 24일
제16호 편지	O·N	8월 27일

제17호 편지	O·N	9월 20일
제18호 편지	O·N	9월 23일
제19호 편지	K·M	9월 26일
제20호 편지	K·M	10월 8일(?)
제21호 편지	O·N	10월 9일
제22호 편지	K·M	10월 12일(?)
제23호 편지	K·M	11월 1일(?)
제24호 편지	O·N	11월 2일

2013년		
제25호 편지	K·M	3월 18일
제26호 편지	O·N	3월 18일
제27호 편지	K·M	9월 16일
제28호 편지	O·N	9월 16일
제29호 편지	O·N	9월 24일
제30호 편지	K·M	12월 27일
제31호 편지	O·N	12월 27일

2014년		
제32호 편지	O·N	2월 3일
제33호 편지	K·M	2월 4일

2015년		
제34호 편지	K·M	2월 10일
제35호 편지	O·N	2월 11일
제36호 편지	O·N	6월 22일
제37호 편지	K·M	6월 23일
제38호 편지	O·N	6월 24일

2018년		
제39호 편지	O·N	2월 15일
제40호 편지	K·M	2월 15일
제41호 편지	O·N	3월 26일
제42호 편지	K·M	10월 29일
제43호 편지	O·N	10월 29일

2019년		
제44호 편지	K·M	7월 30일
제45호 편지	O·N	7월 30일
제46호 편지	K·M	12월 26일
제47호 편지	O·N	12월 26일

2020년		
제48호 편지	O·N	1월 6일
제49호 편지	K·M	1월 8일
제50호 편지	*O·N	1월 10일
제51호 편지	*K·M	1월 27일

제52호 편지	O·N	1월 31일
제53호 편지	*O·N	2월 6일
제54호 편지	*K·M	2월 21일
제55호 편지	O·N	2월 27일
제56호 편지	*K·M	6월 10일
제57호 편지	O·N	6월 24일
제58호 편지	K·M	7월 27일
제59호 편지	O·N	7월 28일
제60호 편지	K·M	8월 7일
제61호 편지	*O·N	8월 14일
제62호 편지	K·M	8월 24일
제63호 편지	O·N	8월 25일
제64호 편지	*K·M	9월 3일
제65호 편지	*O·N	9월 8일
제66호 편지	K·M	9월 17일
제67호 편지	*O·N	9월 23일
제68호 편지	K·M	10월 9일
제69호 편지	O·N	11월 9일
제70호 편지	K·M	11월 9일

책 의 길 을 잇 다 한일 출판인 왕복 서간집 2009~2020

2021년 7월 5일 1판 1쇄

지은이 오쓰카 노부카즈 · 강맑실
옮긴이 노수경

편집 이진 · 이창연 · 홍보람 **디자인** 디자인비따
마케팅 이병규 · 양현범 · 이장열 **홍보** 조민희 · 강효원 **제작** 박홍기
인쇄 천일문화사 **제책** J&D바인텍

펴낸이 강맑실 **펴낸곳** (주)사계절출판사
등록 제406-2003-034호 **주소** (우)10881 경기도 파주시 회동길 252
전화 031)955-8588, 8558 **전송** 마케팅부 031)955-8595 편집부 031)955-8596
홈페이지 www.sakyejul.net **전자우편** skj@sakyejul.com
블로그 skjmail.blog.me **페이스북** facebook.com/sakyejul
트위터 twitter.com/sakyejul

값은 뒤표지에 적혀 있습니다. 잘못 만든 책은 서점에서 바꾸어 드립니다.

사계절출판사는 성장의 의미를 생각합니다.
사계절출판사는 독자 여러분의 의견에 늘 귀 기울이고 있습니다.

ISBN 979-11-6094-743-4 03800